Piccola Biblioteca Oscar

MARCO MANCASSOLA

IL MONDO SENZA DI ME

OSCAR MONDADORI

I edizione Piccola Biblioteca Oscar gennaio 2003

ISBN 88-04-51317-9

Questo volume è stato stampato
presso Mondadori Printing S.p.A.
Stabilimento NSM - Cles (TN)
Stampato in Italia - Printed in Italy

Ristampe:

3 4 5 6 7 8 9 10 11 12

2004 2005 2006 2007

www.librimondadori.it

Il mondo senza di me

Ringraziamenti
Ringrazio Giulio per la consapevolezza. Ringrazio Matteo per la fratellanza. Ringrazio tutti coloro che, negli anni, hanno dato qualche peso a quel che scrivevo: Agostino R., Angelo V., Massimo C., Alberto F., Marta T., Simone B., Alessandro L., Umberto C., Monica B., Tiziano T., Pierre R., José G., Silverio N., Sergio R., Mario F., Angelo F., Franco B., Francesca B. Ringrazio coloro che, in qualche modo anche indiretto, mi hanno sostenuto mentre scrivevo e fornito spunti: ringrazio la mia famiglia e Andrea, Christian, Bruno, Fede, Alessia, Vale, Dino, Lucre, Franco, Gianmarco...
Ringrazio Fabio che ha illuminato, per i miei occhi, il senso di tutte le cose.

1

La neve a settembre

“

ORA LO SO... QUESTO FREDDO CHE FA QUASI RABBRIVIDIRE NONOSTANTE SIA ESTATE È PERCHÉ L'ARIA SI È FATTA FRESCA E PUNGENTE. TANTO PUNGENTE CHE AL MINIMO MOVIMENTO SEMBRA CHE POSSA USCIRTI IL SANGUE... E PIÙ STIAMO ZITTI, PIÙ DIVENTA FREDDA...

HO PROVATO A PENSARE ALL'INVERNO. PER RESISTERE AL FREDDO SI INDOSSANO ABITI PESANTI E SI ACCENDONO LE STUFE. QUANDO IL TUO CORPO RAFFREDDATO SI RISCALDA, È UNA SENSAZIONE TALMENTE BELLA CHE TI SEMBRA DAVVERO IL PARADISO.

SE GELIAMO IN ESTATE È LA FINE, NON CI SONO NÉ CAPPOTTI NÉ STUFE PRONTI... ORA LO SO, IL SUO CUORE NON HA NÉ STUFE NÉ ABITI PESANTI...

”

Masakazu Katsura, *Video Girl Ai*

Padova, settembre 1995
Domenica

Verso le dieci, le campane mi hanno svegliato. Sembravano così vicine che il campanile poteva essere lì, appena fuori dalla finestra. Non mi davano realmente fastidio. Assonnato, dopo aver dormito poco più di cinque ore, con la gola secca e un po' dolorante come per aver fumato troppo, sono rimasto ad ascoltare. Se la domenica mattina ha un suono, non può essere che questo. Fin da quando ero piccolo. Non è difficile ricordare: la piazza affollata di quando uscivamo da messa, la pasticceria sulla strada di casa, l'automobile che mio padre e mio fratello avevano pulito il sabato pomeriggio, e che adesso all'interno profumava di pino. È quel tipo di ricordi in cui sembra sempre che ci sia, come in un video sovraesposto, un sole quasi accecante. Tutto questo riguarda Ancona. Mentre stamattina quando mi sono alzato e ho sollevato la tapparella, c'era una strada di Padova fuori dalla finestra. Su quella strada non c'era il sole, ma uno di quei cieli grigi capaci di annientare, in un mattino normale, ogni traccia di buonumore.

Non era un mattino normale. Di fronte a quel cielo potevo permettermi di pensare pazienza, il sole verrà fuori più tardi, e chi se ne frega poi? Sono tornato a letto, mi sono stiracchiato. Lo ammetto, mi sentivo stordito. Ma non era per la bevuta della sera prima, e neanche per il poco sonno. Era piuttosto quel tipo di stanchezza di quando tutta la notte hai pensato a qualcuno, anche finché dormivi, e al mattino ti ritrovi in testa una specie di eco: Vanessa Vanessa Vanessa...

In casa c'era un silenzio completo, certo Ettore stava ancora dormendo. Ho messo le cuffie, acceso lo stereo. Nel lettore c'era già un cd dei Radiohead. Mi sono lasciato andare alle note di *Creep*, aspettando quasi col fiato sospeso, come ogni volta, il momento in cui la chitarra elettrica entra violenta, piena di forza, nella canzone romantica. Avevo il cazzo mezzo duro, potevo anche farmi una sega. Ero ansioso di farlo pensando a lei. Ogni volta sembra così urgente! Avere una ragazza nuova a cui pensare mentre lo fai è un piacere prezioso, ma è meglio aspettare, rimandare il più possibile, per aumentare l'intensità. Altrimenti sfuma tutto in fretta. Adesso era meglio stare tranquillo, pigro, come un gatto con la pancia piena. Stavo bene, perché negarlo? Di domenica capitano certi risvegli, certi mattini che hanno una dolcezza tutta loro, quasi un calore che sale, riposante, dal cuscino su per la nuca. Sapevo, ero certo, che tutto il giorno avrei poltrito a letto, ascoltando musica, fantasticando su di lei.

Lunedì

Vorrei non fare quella fatica. Ogni volta che passo dietro la stazione, la salita del cavalcavia mi sfianca. Anche oggi pomeriggio ho preso la rincorsa, ce l'ho messa tutta. Invece macché: già a metà mi dolevano i muscoli delle cosce, ho dovuto scendere dalla sella per fare forza sui pedali. Non volendo respirare il gas dei tubi di scappamento, cercavo di mozzare i respiri a tre quarti, di tirar su per il naso la quantità d'aria più piccola che potevo. La salita non finiva più, il dolore alle gambe aumentava e anche le spalle e le braccia hanno iniziato a farmi male, per lo sforzo di sostenermi al manubrio. L'aria era gelida sulle mani e sulla faccia, mentre sotto i vestiti sentivo la patina umida del sudore. Coraggio, mancavano pochi metri!, ma il cuore batteva a mille e i polmoni erano spompati, sembrava quasi che mandassero un sibilo come un compressore scarico. Non ce l'ho fatta: ho dovuto spalancare la bocca e inspirare, con foga, come se stessi mordendo l'aria. Poi l'ho inghiottita e per un istante i polmoni sono stati gonfi, tipo i palloncini quando vengono attaccati alla bombola dell'elio. Un indolenzimento mi ha preso la schiena; intanto lo smog si concentrava in quella zona molle e indefinita subito sopra la gola, dove dicono che si colleghino il naso e la bocca. Lo sentivo lì col suo gusto secco, polveroso, lo immaginavo che anneriva la mucosa, poi deglutendo l'ho pensato che scendeva e mi avvelenava lentamente. Ero in cima.

Mi sono fermato. Appoggiato con la mano al parapetto, ho lasciato pian piano rallentare il respiro, diradare i battiti del cuore. Avevo bisogno di soffiarmi il naso, ma non avevo il fazzoletto. Mandando giù altra saliva, sempre mista al sapore del gas delle marmitte, ho provato a concentrarmi sul pensiero di un bosco, poi su quello di una spiaggia in primavera, sull'aria pulita e sul vento che spazza la sabbia bagnata. È così: ogni volta che in qualche modo mi sento sporco, devo pensare a qualcosa di puro.

Intanto sulla carreggiata, di fianco alla pista ciclabile, il flusso delle macchine è rallentato fino a bloccarsi; la strada era intasata. Con una punta di rancore, guardavo quelle macchine. Forse, ho pensato, farei meglio a mettere una mascherina quando vado in bicicletta. O forse dovrei convincermi ad andare a correre al parco, con Roby, che me lo ripete di continuo: «Hai un fisico schifoso per avere ventun anni, devi venire a fare footing, così aumenti la tua capacità aerobica». Io gli rispondo sempre sì, ma figurarsi.

Attraverso la rete di metallo, ho gettato uno sguardo giù dal cavalcavia. Sui binari c'erano alcuni treni fermi, mentre altri scorrevano piano. La stazione vista da lì ha un aspetto fragile, per niente imponente. Ma poco più in là si alza la sagoma altissima del grattacielo verde-azzurro, che figura decisamente meglio. Adoro quel palazzo. Ci sono stato una volta, di notte assieme a Roby, a casa di una certa Betta che abita al quindicesimo piano. Dava una festa. Ricordo che, mentre nel salotto la gente chiacchierava e ascoltava Bjork, io ero uscito sul terrazzo e avevo ammirato la distesa illuminata della città. Da lassù con lo sguardo si poteva giungere ovunque. Non ci arrivava un filo di smog, e anche il rumore del traffico era molto attutito. Avevo respirato profondamente ed ero stato lì a guardare le case illuminate e le luci delle auto, e il piazzale della stazione in cui le prostitute e i rari passanti parevano così soli e sperduti, tanto sembravano piccoli rispetto all'enorme spazio che li separava l'un l'altro. Avevo osservato quelle persone e avevo desiderato avere un lunghissimo braccio meccanico con cui arrivare fino a loro, sollevarle delicatamente e trasportarle ovunque volessero. Ma forse molte di loro, avevo riflettuto, preferivano restare lì. Così ero rimasto a sorseggiare gin tonic dal bicchiere che avevo in mano, guardando giù senza pensare più a niente, finché qualcuno era venuto a chiamarmi e io ero rientrato. Ma da allora non mi ha più abbandonato questa fantasia, di qualcuno che dall'alto del grattacielo verde-azzurro osserva le persone nel piazzale sottostante, e in tutti gli altri piazzali e in tutte le vie della città; le guarda andare di qua e di là, studia i loro cammini e poi, quando intuisce che due di loro si stanno cercando, con una mossa morbida del braccio le avvicina e mette fine alle loro fatiche.

Anche lì dal cavalcavia, seduto in sella alla mia bici scassata, ho guardato la gente. Ce n'era molta che affollava uno dei marciapiedi della stazione; anche da lontano, avevano tutti quell'aria inconfondibile dell'attesa. Poi alle orecchie mi è arrivato l'avviso: «Treno intercity proveniente da Venezia per Milano è in arrivo sul binario tre». Come il pubblico di uno stadio al momento del goal, tutta quella gente ha preso ad agitarsi, simultaneamente. Chi raccoglieva le valigie, chi baciava gli accompagnatori, chi si avvicinava al binario e chi se ne scostava. Qualcuno, fra coloro che erano in attesa del treno, si sarà accorto di muoversi in sintonia con gli altri?

Il treno è arrivato. Di nuovo l'avviso: «Padova, stazione di Padova. Treno intercity per Milano...». Mentre i passeggeri si accalcavano alle porte, ho provato un senso di invidia al pensiero di tutte quelle persone che partivano, che andavano, mentre i miei unici spostamenti del giorno erano quelli fra la mensa, la biblioteca e l'appartamento che divido con Ettore. Un tempo, avevo creduto che questo tipo di invidia, la sensazione aspra e un po' umiliante che tutti gli altri vivessero vite più interessanti della mia, sarebbe scomparsa con la fine dell'adolescenza. Mi sbagliavo. O forse è la mia adolescenza che perdura, e mi complica la vita.

Poi, quando il treno sotto di me è ripartito, ho percepito come una piccola scossa. Riprendendomi di colpo dai miei pensieri, eccomi di nuovo lì, in sella alla bici, sulla pista ciclabile del cavalcavia. Anche le macchine hanno ripreso ad avanzare, con quei piccoli sussulti di quando si parte in prima, ognuna lasciando il suo sbuffo di gas. Trattenendo il respiro per non farmi intossicare, ho staccato la mano dal parapetto, dandomi una leggera spinta in avanti. La discesa mi ha risucchiato giù, mentre il freddo batteva sulle guance. L'apnea mi rendeva come vuoto, e il vento nelle orecchie mi pareva che fischiasse dentro tutto il mio corpo. Che strano: quella sensazione mi pareva che me ne ricordasse un'altra, ma non sapevo esattamente quale.

Perché provare questa lieve tristezza, ogni volta che mi addentro nelle vie dell'Arcella? Non sono davvero brutte, sono ordinate e pulite. Ma è periferia e l'unica periferia dove vorrei stare è quella in cui sono nato, con le persone note, le vie tranquille dove da piccolo giocavo con gli altri bambini. Una periferia anonima con le casette tutte simili, i condomini sgraziati, i negozi quasi sempre vuoti, quale altro senso può avere se non quello di essere familiare? Altrimenti, molto meglio il centro col suo viavai. Ma è qui che ho trovato casa. E la tristezza aumenta se penso ai due inverni che ho già passato qui e a quello nuovo che mi aspetta, e che anzi sembra già iniziato in questo settembre gelido. D'inverno è tremendo uscire a piedi la sera, con la nebbia che naviga bassa sui marciapiedi e quella totale assenza di anime vive in giro. È soprattutto allora che sento la nostalgia di Ancona. Ma se chiudo gli occhi e penso ad Ancona, e alla casa di mio fratello, riesco solo a evocare una specie di bianco. Eppure, quando sono là, non mi accorgo di vivere in una città così luminosa. Forse succede perché il pensiero della lontananza è sempre in qualche modo abbacinante; o forse perché ad Ancona ci trascorro solo l'estate, e l'estate, nella mia testa, è uno dei pensieri più bianchi.

Ho comprato delle paste lungo la strada, perché Ettore è goloso e in questi giorni è depresso. Mi piaccio quando faccio queste cose, immagino gli amici che parlano di me, della mia gentilezza. Quando sono rientrato l'ho trovato sul divano in cucina; leggeva un libro di Banana Yoshimoto e teneva il televisore su Mtv. Ho appeso il giubbotto. Gli ho chiesto come andava e lui ha risposto con un mugugno. Era tutto ravvoltolato in un plaid, gli ho detto che sembrava mio nonno: altro mugugno. «Ti ho comprato le paste» ho detto. «Grazie» ha risposto, ma non sembrava granché entusiasta.

«Ha telefonato qualcuno per me?» ho chiesto.

«Roby e Vanessa.»

«Ah.» L'idea che Vanessa avesse chiamato mi ha fatto

sentire bene, mi ha anche un po' eccitato. «Le mangi adesso o te le metto in frigo?»

«Cosa?»

«Le paste!»

«Oh, sì. In frigo.» Ha deposto il libro e ha iniziato a rollarsi una canna. Quando soffre per amore Ettore è così: laconico e distratto.

Si è lamentato di avere un freddo cane, e quando gli ho detto che ad Ancona mio fratello Matteo fa ancora il bagno in spiaggia ha fatto uno sguardo vacuo, come quando ti parlano di un posto talmente lontano, da pensare che non lo vedrai mai. «Non capisco chi te l'ha fatto fare di venire su adesso», ha detto, «quando mancano ancora quindici giorni all'inizio dei corsi.»

Ho risposto con un'alzata di spalle, e lui è stato zitto. Credo che abbia capito: chi alza le spalle non solo non vuole dare una risposta, ma molte volte neppure può. All'inizio, il mio arrivo è stato imbarazzante: per telefono, mi aveva raccontato di aver rotto con Nino lo stesso giorno in cui io avevo deciso di tornare in anticipo a Padova. Così era sorto vagamente l'equivoco, perché pareva che fossi venuto apposta per tirarlo su di morale. Ma Ettore è un tipo sveglio, ha capito in fretta che non era così. D'altro canto non saprei cosa fare per essergli d'aiuto. Condividiamo poco delle nostre vite private: io ho i miei amici, lui ha i suoi.

Si è acceso la canna. Per un po' ha fumato con un'aria assorta. Ogni volta che tirava, la brace della canna si accendeva di un rosso intenso. Non scintillava troppo? Mi è baluginata la scena: la canna che si incendiava, divampava attaccata alla sua bocca, gli bruciava la faccia. «Ettore» ho sussurrato inquieto. Lui mi ha passato disinvolto la canna. L'ho presa con la punta delle dita e ho aspirato cautamente, socchiudendo gli occhi. Mi sono seduto accanto a lui e per un po' abbiamo guardato il nuovo video di Tricky. So che non devo fumare prima di cena, con lo stomaco vuoto mi va subito alla testa; quando gliel'ho ridata, ero sicuro di non riuscire a reggermi in piedi. Invece mi sono alzato e non avevo neppure una vertigine, solo un senso di ovattato alle gambe, per cui non ero ben sicuro di poggiare i piedi sul pavimento. Mi sembrava di aver messo un paio di quelle scarpe con la zeppa altissima. «Ma che fumo era?» gli ho chiesto, e questa volta è stato lui ad alzare le spalle.

Ho riposto finalmente le paste nel frigo e ho messo l'acqua sul fornello. Quando gli ho domandato se dovevo cucinare la pasta anche per lui, se n'è uscito dicendo: «E se accendessimo il riscaldamento?».

L'ho guardato stranito. Deve aver compreso immediatamente che non se ne parlava, perché ha fatto la faccia di chi sa già di non avere alcuna chance. Ugualmente ci ha provato: «Quelli del piano di sotto l'hanno acceso ieri sera. Ammetterai che fa un freddo pazzesco, lo dicono tutti».

Ma io risoluto: «Non dire cazzate, quando mai si è sentito di qualcuno che accende i termosifoni a settembre?».

«Cosa c'entra che sia settembre, se fa freddo fa freddo.»

«Sì, e la bolletta? Se cominciamo adesso...»

Mi ha guardato con aria cupa. Aveva gli occhi arrossati per il fumo, e le labbra gli si stavano visibilmente screpolando. «Ti sta tornando l'herpes» ho detto, e ho tirato fuori dal frigo l'insalata per lavarla. Non la mangiavo da due giorni; mi sento sempre in colpa quando passo un giorno senza verdura fresca, così ne ho lavata un bel po', anche se sapevo che poi ne avrei avanzata metà. Mangiare l'insalata è una di quelle cose come lavarsi i denti prima di andare a letto, che se non le fai ti aspetti di essere sgridato da qualcuno. Chi, mi sono chiesto, potrebbe preoccuparsi tanto da sgridarmi? Forse Roby, chissà.

Ettore ha detto che non gli stava tornando l'herpes, ma che era proprio il freddo a seccargli le labbra. Non sapevo esattamente cosa dirgli, sentivo solo che la sua richiesta era assurda. L'odore della canna aveva appesantito l'aria della cucina e alla tivù era partito l'ultimo video dei Rolling Stones; mi rendono sempre triste i video dei Rolling Stones.

Ho pensato a quella sera dell'inverno scorso; anche allora io stavo preparando la cena ed Ettore, col videoregistratore, guardava una cassetta. Gliel'aveva prestata un amico, era una raccolta di video musicali a contenuto gay: c'era *Relax* dei Frankie goes to Hollywood, e Ettore mi aveva detto che il cantante era sieropositivo. Poi era venuto *Rent* dei Pet Shop Boys, e Ettore mi aveva chiesto se sapevo che quel video l'aveva girato Derek Jarman. «Chi, quello che è morto?» avevo chiesto, e lui aveva assentito. Poi era venuta una vecchia canzone di Sylvester, ed Ettore, con una voce che aveva un che di implacabile, aveva detto che anche questo era morto. Infine era comparso Freddie Mercury, e non serviva che Ettore aggiungesse altro. Continuavo a preparare la mia cena facendo finta di nulla, ma d'un tratto la stanza si era fatta calda, la finestra si era appannata e gocciolava vapore. Non respiravo. Non avevo il coraggio di guardare Ettore. Eppure, volevo dirgli, non era colpa mia se quella gente era morta. Perché mi sentivo in qualche modo accusato? C'era qualcosa di ingiusto nel nostro silenzio, nel mio improvviso imbarazzo, nella mia incapacità di reagire. Poi, trasalendo, mi ero detto che probabilmente Ettore stava pensando la stessa cosa. Così, chiusi nello stesso pensiero ma improvvisamente estranei l'uno all'altro, avevamo guardato la fine della cassetta.

Anche questa sera siamo stati lì, col volume della tivù un po' troppo alto. Siamo stati lì ostili, e non mi sono più offerto di cucinargli la pasta. Mi dicevo: sarò più cocciuto di lui, non accenderemo il riscaldamento, dovesse andare a cinquanta gradi sotto zero; per Dio, siamo a settembre, se tutto va bene la settimana prossima tornerà l'estate. E come quella volta, mi sono ripetuto: non è colpa mia. Non sono responsabile per la sua vita; se i suoi cantanti preferiti sono morti o sono sieropositivi, come alcuni dei suoi amici; se Nino lo ha mollato; se i suoi genitori, come mi ha raccontato una volta, lo stressano di continuo dicendo che non è vita la sua, se non avrà mai figli. Non è colpa mia se c'è ancora l'omofobia, se ci sono le barzellette sui finocchi, se io quella sera dei video gay sono entrato di soppiatto nel bagno e ho tolto dal bicchiere sul lavabo il mio spazzolino da denti, perché non venisse a contatto col suo, non si sa mai.

Finito il video dei Rolling Stones ne è iniziato uno di Ben Harper, e non abbiamo più parlato del riscaldamento; io ho mangiato la pasta e l'insalata, lui un panino col tonno, poi è uscito per andare a lavorare al bar. Non ha toccato le mie paste. Questo è l'aspetto più esasperante della convivenza con lui: è così permaloso. Dopo cena avrei voluto andare da qualche parte, ma non avevo appuntamento con nessuno; ho provato a chiamare sia Roby che Vanessa, senza trovare nessuno dei due. È triste quando non riesci a contattare due persone di fila; ti viene da pensare, anche se non si conoscono granché, che siano insieme da qualche parte, senza di te. Così, vagamente depresso e con un fastidioso senso di impotenza, sono andato a letto presto.

Al buio, ho ascoltato con le cuffie una vecchia cassetta dei Cure che ho ritrovato la settimana scorsa ad Ancona:

Disintegration. Erano anni che non la ascoltavo, non la ricordavo così bella. La voce ipnotica, vagamente femminea del cantante, le ballate un po' sinistre. Il nastro è un po' rovinato, ma non importa. Un po' alla volta, tutto nascosto sotto le coperte, mi sono sentito avvicinare al sonno. Mi piace addormentarmi con le cuffie alle orecchie, sento la musica sempre più lontana, è una specie di deriva. Mi rimaneva solo la forza per allungare il braccio, spegnere lo stereo sul comodino e togliermi le cuffie. Ma quando l'ho fatto, una ventata di freddo si è infilata sotto le coperte. E con il freddo, un pensiero sgradevole si è insidiato nella mia testa: il pensiero della madre di Ettore. Io non l'ho mai vista, so solo che abita poco distante. L'ho immaginata distesa al buio, accanto al marito che russava: teneva gli occhi spalancati, e diceva le preghiere per suo figlio. Non so perché mi sia venuta quest'idea, magari quella donna non è neppure religiosa. Ma è così che la vedevo.

Ho deglutito. D'improvviso mi ha preso un disagio, come quando ci si rigira nel letto dopo aver visto un film dell'orrore. Più lucido, più sveglio che mai, con la musica ormai spenta, ascoltavo le rare macchine passare sulla strada. Non riuscivo a liberarmi dall'inquietudine, dal freddo che continuava a farmi rabbrividire, dal pensiero della madre di Ettore che non mi lasciava tregua, mi impediva di sottrarmi alla veglia, come una lampadina accesa sullo schermo delle palpebre. Eppure, continuavo a ripetermi, non era colpa mia.

Martedì

Mentre l'autobus percorreva Riviera dei Ponti Romani, dal finestrino ho visto una ragazza alta e mora, sui venticinque, di quelle che non capisci bene se sono studentesse chic o giovani mogli in giro per acquisti. Aveva appena iniziato a piovere e lei correva verso un portico, riparandosi la testa con la borsetta. Mi piace vedere le ragazze che corrono; specialmente se portano i tacchi. Questa portava una giacca scura sopra una minigonna, e appunto scarpe col tacco piuttosto alto; belle gambe. Sorrideva vagamente. Ho notato che certe ragazze sorridono sempre, quando sono costrette a correre. A ogni passo di corsa spingeva il seno da una parte all'altra. Le si scuotevano contemporaneamente i polpacci, i capelli, un poco anche le labbra. È questo che mi piace, la vibrazione che sale dai tacchi duri e si propaga per tutto il corpo; e quell'aria goffa e agile insieme, come una ballerina col tutù troppo stretto. Quando è scomparsa dalla mia vista, ho chiuso gli occhi e immaginato il suono di quella breve corsa: tac-tac-tac-tac. E poi, più vicino, il lieve affanno del suo respiro.

Dopo un po' sono sceso dall'autobus. Girovagando a caso per le vie del centro, mi chiedevo se avrei incontrato la ragazza coi tacchi. Oppure, chissà, potevo incrociare Vanessa. Mi avrebbe riconosciuto? Per ripararmi dalla pioggia avevo messo il mio berretto con la visiera e i paraorecchi, e rialzato il collo del giaccone. Così bardato e con le mani in tasca, sembrava che affrontassi chissà quale tempesta. In realtà la pioggia non era forte, ma era gelida e dura come quella che cade in certe sere d'inverno, che un altro po' e si trasforma in neve. Pungeva sulla faccia. Alla fine mi sono rifugiato alla Ricordi, a guardare i cd. Finché è venuta l'ora del pranzo e mi sono diretto verso Piazza dei Signori, dove avevo appuntamento con Roby.

L'ho trovato che mi aspettava sotto la pioggia, anche lui senza ombrello, coi capelli fradici incollati alla fronte e il naso rosso per il freddo. «Ehi» ho salutato. Ci siamo avviati verso la mensa. Dentro c'era un tepore asciutto e un buon odore di cibo, e neppure confusione. Fino a quando non iniziano i corsi, è un posto praticabile. Roby è andato in bagno ad asciugarsi i capelli, poi ci siamo riempiti i vassoi e ci siamo seduti l'uno di fronte all'altro. Mangiando gli ho raccontato la storia di ieri sera: di Ettore che voleva accendere il riscaldamento, e che anche stamattina è tornato alla carica con la stessa richiesta. Aspettavo di sentire l'opinione di Roby. Di solito parlare con lui ha un effetto, come dire, *corroborante*: perché ci intendiamo subito e concorda sempre con me. Su ogni argomento, riusciamo ad assumere lo stesso tono, come due musicisti che pur improvvisando, riescono a dialogare e a costruire un pezzo. Ma oggi in mensa mi ascoltava poco. Mangiava in silenzio, pareva immerso nei suoi pensieri. Io stesso mi sentivo distratto, gli parlavo ma ero assente; avevo una specie di ronzio interno come quando ti è entrata una canzone in testa e non riesci a levartela, e con gli altri fai finta di niente, ma in realtà non riesci a smettere di canticchiarla fra te. In quel momento non era una canzone ad assillarmi. Era la consapevolezza della telefonata che avrei fatto fra poco.

Così siamo stati a scambiarci discorsi vaghi, approssimativi, di quelli che un'ora dopo li hai già scordati. Usciti dalla mensa siamo tornati verso Piazza dei Signori, sempre sotto la pioggia. «Beviamo il caffè?» Siamo entrati in un bar. Solo alla fine ho accennato: «C'è qualcosa che non va?».

Lui ha scosso il capo. «Domani sera ti ricordi? C'è il compleanno di Barbara» ha detto soltanto.

«Sì. Vorrei portare anche Vanessa, ieri sera mi aveva chiamato ma poi non l'ho più trovata.»

«Oh» ha fatto, e ha tirato su col naso. «Riprova no?» Poi ha guardato l'orologio: «Adesso vado».

«Va bene, a domani.»

«A domani», ed è uscito dal bar.

Mi sono avvicinato al vetro per vederlo allontanarsi, ma era già scomparso, chissà da che parte. Sono uscito sul portico; la pioggia non accennava a smettere. Ho sentito una tristezza che era anche frustrazione, la stessa di ogni volta che un incontro mi lascia insoddisfatto; di ogni volta che, dopo aver salutato qualcuno o aver deposto la cornetta del telefono, subito vorrei richiamare l'altro e lamentarmi: «Non ci siamo detti praticamente niente, non ci si può lasciare così, non trovi?». Non trovi, Roby? Ma Roby era già lontano, così come immediatamente è lontano ognuno che ci saluta, restituito alla sua vita, che dopo quel saluto non c'entra più nulla con la nostra: altrimenti perché sarebbe così imbarazzante, quando ci si saluta ma poi, per qualche motivo, si è costretti a stare ancora insieme per qualche minuto?

"Roby" ho pensato, "Roby": il suo nome e nient'altro. E poi, subito dopo: "Vanessa".

L'appuntamento con Roby era stato l'unico impegno della giornata. Visto che non avevo altro da fare, tanto valeva telefonare. Ho cercato un posto dove chiamare con la scheda e ho fatto il numero di Vanessa; non c'era. Deluso, ho lasciato detto che mi richiamasse. Poi ho fatto qualche altra telefonata. E infine ecco, non potevo più rimandare. Col fiato corto, ho chiamato ad Ancona.

«Pronto?» ha risposto la voce di mio fratello. Resto sempre un po' spiazzato quando lo sento, penso a tutti quelli che dicono che per telefono abbiamo la stessa voce; a me non sembra, ma che ne so io della mia voce?

«Pronto?» ha ripetuto.

«Ciao Matteo, sono Ale.»

«Ale» ha fatto.

«Come va?»

«Bene. Pensavo che non chiamassi più.»

«Stamattina sono stato occupato.»

«Allora. Com'è lì a Padova?»

«Freddo.» Sentivo della musica di sottofondo nella cornetta; c'è sempre musica nel suo ufficio. «Cos'è, Janis Joplin?» gli ho chiesto.

«Sì, *One night stand*.»

«Ah.» Pausa di silenzio. Matteo aspettava qualcosa, e io sapevo che non potevo più attendere; che già nelle precedenti telefonate non gli avevo posto una certa domanda, come invece era logico che facessi. «Come sta Manuela?» ho chiesto, con la massima disinvoltura.

È stato allora che Matteo ha sospirato. Come temevo. «Ale, cosa credi. Lo so bene perché quest'anno sei tornato a Padova così presto» ha detto.

«Dovevo cercare quei libri alla biblioteca della facoltà... lo sai che sto preparando Fisiologica.»

«No, non è stato solo per questo.»

«Ah no? E perché allora?» ho fatto, con la voce nasale di quando inizio a irritarmi; non sopporto quando qualcuno pretende di sapere cosa mi passa per la mente.

«Perché hai capito di me e Manuela; hai capito che non andiamo più d'accordo. Siamo alla fine, non è rimasto niente. Divorziamo.»

Per un po' sono stato così: a guardare le macchine e la gente fuori dalla cabina, e ad ascoltare Janis Joplin all'altro capo del filo.

«Ale?»

«Sì.»

«Non dirmi che non te n'eri accorto. Quest'estate, finché eri con noi, ci hai visti litigare di continuo.»

«Non credevo fosse così grave.» Finita *One night stand*, è attaccata un'altra canzone; forse era *Trust me*.

«Si è innamorata di un altro» ha detto.

«Ah.» Era strano: adesso che lo sapevo chiaramente, mi sembrava che non me ne importasse più nulla; volevo solo che quella telefonata finisse.

«Ale... so che sei deluso.»

«Tu lo sarai di più.»

«Me ne sto facendo una ragione.»

«Già.» Quali parole, mi sono chiesto, potrebbero adesso non sembrare banali, scontate, vuote. Quali parole avere il potere di incoraggiare, avvicinarci veramente. «Senti, ho finito i soldi della scheda.»

«Così presto?»

«Sì.»

«Okay senti, ti richiamo fra qualche giorno.»

«Già.» Di nuovo silenzio. Lo sapeva anche lui, ero certo, che non c'era niente da dire. Questo niente faceva paura. Ogni secondo che passava, non faceva che ingrandirlo.

«Ciao» ho concluso.

«Ciao.»

Ho riattaccato. Sono uscito dalla cabina. Adesso aveva smesso di piovere, e la temperatura era ancora più fredda. Ho guardato le pozzanghere sulla strada, il modo che aveva l'acqua di ognuna di agitarsi e di schizzare intorno, quand'era solcata dalle ruote di un'auto; ma poi, nel giro di pochi istanti, tornava ferma e perfettamente liscia. Avrei dovuto provare così. Lasciarmi increspare, agitarmi un po', sfogare la rabbia e l'amarezza, per poi calmarmi e andare avanti. Ma non sapevo come fare.

Ho ripreso a camminare, lungo le stesse vie che avevo percorso prima. Fissavo la gente che incrociavo, senza che nessuno ricambiasse il mio sguardo. Mi sentivo così spaesato, come la prima volta che venni a Padova per iscrivermi all'università, e dormii alla Casa del Pellegrino vicino a S. Antonio; quella volta la città mi era sembrata inospitale e piena di colori lividi, di facce dure, di sguardi fissi che non si sarebbero mai spostati, neppure un secondo, per considerarmi. Anche oggi Padova si è rivelata un luogo alieno. Ma se quella volta ripensavo con affetto e nostalgia ad Ancona, ora non potevo più farlo; c'era una specie di muro adesso, tra me e il pensiero della mia casa, di Matteo e di Manuela. Ecco, mi sono detto: io non ho più posti, non ho più case.

Poi, vagabondando, sono sbucato di nuovo in Riviera, davanti alla Feltrinelli. Mi sono detto: adesso compro un libro. Nei momenti difficili io compro sempre un libro, perché leggo soltanto quando sono triste. Ricordo che quando morirono i miei genitori divorai tutto Asimov e Bradbury e Pohl, e anche molto Stephen King. Sono entrato nella libreria e subito mi ha avvolto l'atmosfera morbida e protettiva di quel posto, con la musica classica e la gente che parlava a voce bassa, in tono gentile. Talvolta i posti pieni di libri sembrano fare quest'effetto alle persone, le rendono più eleganti. Ho fatto qualche passo e ho preso in mano un libro, uno a caso fra i tanti esposti: era *Cent'anni di solitudine* di Márquez. Non potevo comprare quello, perché l'avevo già letto; ma ugualmente ho continuato a stringerlo, a passarlo da una mano all'altra, a studiarne e accarezzarne la copertina.

E solo allora, per la prima volta da quando avevo concluso la telefonata con Matteo, ho provato una fitta nel petto. Era commozione, credo; all'inizio, sì, commozione per l'idea che quel libro che avevo letto tanto tempo prima, in una crisi dei miei quattordici o quindici anni, fosse ancora lì in vendita, a disposizione di nuovi lettori. Ma poi quella commozione si è allargata a qualcosa d'altro; mi sono reso conto che fino a quell'istante, dopo la telefonata, avevo come trattenuto il respiro, mi ero aggirato per le strade escludendo ogni percezione di ciò che provavo, ero stato una specie di cervello con le gambe, senza corpo né sensi; senza cuore. E lì, nel clima tiepido della libreria, fra le note di un concerto di Vivaldi, richiamato dal libro di Márquez che tenevo in mano, d'un tratto ho sentito un gusto rancido e intenso, che saliva dallo stomaco e prendeva in blocco la gola, la bocca. Lo conoscevo; fin da bambino, è stato il gusto inconfondibile della voglia di piangere.

Mercoledì

Viso intirizzito, orecchie ghiacciate. Non è piacevole svegliarsi così. Come una tartaruga che si ritira nel guscio, ho ficcato la testa sotto le coperte. Lì invece c'era un bel tepore, grazie a tutte le coperte che ho messo. Intontito dal sonno, aspettavo che la testa mi si scaldasse. Ogni mattino c'è un momento sospeso, appena aperti gli occhi, in cui una specie di sonda mi esplora internamente. E fornisce un responso: sono di umore buono o cattivo? Stranamente, stamattina non avevo l'umore pessimo che mi sarei aspettato. Appena ho avuto il coraggio di uscire dal letto, sono corso in bagno a far pipì. Poi, nonostante i brividi di freddo a stare lì in canottiera davanti allo specchio, ho deciso di farmi la barba. Per me la rasatura è una faccenda seria, da affrontare al massimo due volte alla settimana. Non ho pazienza, finisce sempre che mi taglio. Invece stamattina, che meraviglia: neanche un taglietto.

Quando sono uscito, Ettore dormiva ancora nella sua stanza. Fuori, si vedevano le tracce di una brinata notturna. «Ha gelato!» ho sussurrato sbalordito; «e siamo solo a settembre.» Non potevo crederci. In compenso adesso c'era un sole che intiepidiva l'aria, neanche una nuvola, così ho indossato il mio equipaggiamento: berretto, sciarpa, guanti e via in bici, in direzione del centro. Sono andato in facoltà a controllare la data dell'esame sul terminale che c'è là. Ho notato che la facoltà inizia ad animarsi, ho visto qualche compagno dei corsi passati che bighellonava in giro, e un sacco di matricole a caccia di informazioni. Uscendo fuori sulla piazza, pensavo alle lezioni che fra un po' riprenderanno, alle vecchie abitudini che stanno per tornare. Poi, nella piazza, d'improvviso ho scoperto gli alberi.

Non guardo mai gli alberi. Sono uno di quegli elementi che fanno sempre da sfondo. *Alberi* mi fa pensare alla passeggiata romantica di due fidanzati nel parco, o alle camminate che ho fatto nei boschi durante certe vacanze. Mai agli alberi e basta, a come sono fatti, alla loro semplice e indipendente esistenza. Ad attrarre la mia attenzione, oggi appena uscito dall'università, sono state le foglie. Cadono davvero presto, quest'anno; ce n'erano di varie sfumature di rosso e marrone, molte a terra e altre ancora attaccate ai rami: come nei disegni che facevo da bambino, quando la maestra ci chiedeva di disegnare l'autunno. Poi altre di verdi, ma un verde a cui si mescolava un altro colore, ora a chiazze ora a strisce: una specie di giallo chiaro, un giallo diverso da quello dorato delle foglie già secche, più acceso, quasi elettrico. Era l'effetto del gelo, la conseguenza di un freddo arrivato in anticipo, a tradimento. Ecco, ho pensato: queste foglie verdi e gialle hanno il colore del tradimento, che non è un colore vero e proprio, ma è piuttosto il contrasto fra due colori differenti, di cui uno si insinua nell'altro, così da un momento all'altro.

Poi, sono tornato a casa e tutto il pomeriggio ho ascoltato gli Smiths disteso sul letto, pieno di noia, di risentimento, senza più traccia del buonumore del mattino. Verso sera mi sono preparato per uscire.

Intorno alle otto sono arrivato allo Shangai. Ogni volta mi imbarazza la camerierina che fa mille sorrisi e mille cerimonie. «Cercavo dei miei amici...» Lei ha assentito e mi ha accompagnato. Al nostro tavolo c'erano già Roby, Paolo, Fabri, Lara e naturalmente Barbara. «Auguri» ho detto a quest'ultima, baciandola sulle guance. Le ho dato il mio regalo: *Cent'anni di solitudine*.

«Non l'hai già letto, vero?» le ho chiesto.

«No no...» ha risposto, ma non mi pareva convinta.

Un po' alla volta sono arrivati anche gli altri, Giulio e Ilaria e Dani, tutti scortati dalla solita cameriera; ma era rimasto un posto vuoto, alla mia sinistra. «Chi manca?» ho fatto, e Barbara e Roby si sono scambiati un'occhiata.

In quel momento è arrivata Vanessa. «Ciao a tutti» ha detto, come non ci fosse nulla di strano.

«Vanessa!» ho detto stupefatto.

«Ciao Vanessa», ha detto Barbara, alzandosi in piedi: «io sono Barbara, felice di conoscerti» e le ha dato la mano.

«Oh, ciao, e tanti auguri» ha fatto Vanessa, sedendosi al mio fianco.

«Ma che ci fai qui?» le ho chiesto io.

Lei mi ha guardato con faccia stupita. «Cosa vuoi dire?», e poi ha guardato Barbara; anch'io ho guardato Barbara.

Quella ha fatto un sorriso un po' ebete. «Io e Roby sapevamo che volevi farla venire, così...»

«Vuoi dire che non sei stato tu a dire a Barbara di chiamarmi?» mi ha chiesto Vanessa.

«No... cioè sì... voglio dire, io ieri ti avevo chiamata per chiedertelo, ma poi oggi non ti ho sentita così avevo lasciato perdere...»

Un silenzio di tomba è calato sul tavolo. Roby, quel bastardo, si gustava la scena con un mezzo sorrisetto; chissà come si era procurato il numero di Vanessa. Anche gli altri, certo al corrente di tutta la storia, ci osservavano con aria divertita. Vanessa sembrava imbarazzatissima; io lo ero più di lei.

«Be', allora passiamo alle presentazioni» ha detto Barbara. «Questo è Paolo, Fabri, Lara, Roby lo conosci già...» A tutti Vanessa rivolgeva un sorriso gentile. «Non te la sei presa, vero Vanessa?» ha continuato Barbara; «voglio dire, per il fatto che ti abbiamo invitata per fare una sorpresa ad Ale. D'altra parte siamo tutti contenti di conoscerti, Ale ci ha parlato tanto di te...»

Era una cazzata. Vanessa l'ho conosciuta solo sabato scorso, e questa era la prima volta che la rivedevo; quando mai avrei avuto l'occasione di parlare tanto di lei?

Ma Vanessa ha sorriso di nuovo, e ha sorriso anche a me; allora ho pensato che forse il disastro era evitato, e ho cominciato a sentirmi meno a disagio. Mi sono passato una mano sulla faccia e l'ho sentita bollente; chissà com'ero arrossito, all'arrivo di Vanessa. Roby continuava a fissarmi con aria furba. «Ordiniamo?» ha proposto, e tutti si sono ricordati di dover ancora consultare il menu.

È stato allora che ho avuto un'illuminazione, ripensando all'inspiegabile buonumore con cui mi ero alzato al mattino: me lo sentivo, mi sono detto. «Sono contento che sei qui» ho bisbigliato a Vanessa. Lei per l'ennesima volta ha sorriso, senza dire niente. Aveva i capelli raccolti in una specie di chignon, con qualche ciocca sulla fronte; portava una maglia piuttosto scollata, e le si vedeva quella pelle chiarissima e liscia. A passarci la lingua, doveva essere come leccare un cubetto di ghiaccio, un ghiaccio tiepido, caldo. Oppure doveva avere la consistenza dei petali di certi grossi fiori bianchi, tipo quelli delle magnolie. Ho immaginato di passarci con le guance, grattando con la barba di qualche giorno; lentamente quella pelle bianca si sarebbe arrossata, come rianimata. Avrei grattato fino a farle un po' male, allora lei avrebbe sussurrato «basta», io avrei alzato la testa e l'avrei baciata, leggero, sulla bocca dischiusa.

Ma la prima volta che l'ho vista, non è stata la bianchezza di quella pelle ad attrarre la mia attenzione; la prima impressione che ho di lei riguarda il blu degli occhi, e il modo in cui spiccava quel blu, sabato sera, fra la marea di sguardi e di facce sulla pista della Scala.

Avevo bevuto. Era la prima volta che andavo a ballare alla Scala quest'anno; l'anno scorso, dopo aver passato un'intera domenica con la tachicardia, incerto se andare al pronto soccorso o no, avevo giurato che non ci avrei più rimesso piede. Invece eccoci lì, io e Roby, a bere come forsennati e a cercare qualcuno che ci vendesse le pasticche. È strano: il disgusto che si prova ripensando a certi posti, dopo esserci andati, e l'inevitabile voglia di tornarci, quando si avvicina il week-end successivo. Come quando, alla fine di un pranzo in cui hai mangiato tipo un porco, ti riprometti di saltare la cena: figurarsi.

«Questo è l'ultimo» dicevo a Roby dopo ogni gin-tonic. D'altra parte, pensavo, se uno non trova da impasticcarsi, cosa può fare se non continuare a bere? Intorno, tutta una folla di gente strafatta che spingeva da ogni parte. Alla consolle del dj c'era un vocalist che gridava cazzate al microfono: «Anybody seen my heart?». Urlando in tutto quel casino, ho detto a Roby che volevo andare in pista; lui invece sarebbe andato in bagno. Allora, facendomi faticosamente strada, ho raggiunto la pista e mi ci sono buttato. Quando vado in pista mi sembra sempre di rubare il posto a qualcuno, mi ritrovo schiacciato fra quelli che già c'erano. Poi misteriosamente lo spazio si allarga, posso ballare. Ho preso a muovermi, buttando la testa da una parte e dall'altra, scuotendo le braccia. Non era un vero ballare, piuttosto una specie di dondolio con qualche mezza giravolta, come un'antenna televisiva un po' scassata che ruota in cerca della stazione giusta; e l'onda su cui dovevo sintonizzarmi era il ritmo della musica che usciva dalle casse, ma non riuscivo a coglierlo; intorpidito dall'alcol mi pareva di sentire solo una serie di fruscii e di battiti, senza alcuna melodia a cui appigliarmi. Allora ho iniziato a cantare fra me un motivetto che conoscevo, e mi sono accorto che così andava meglio, che riuscivo a ballare. Forse, pensavo, tutti quelli che mi circondano stanno facendo la stessa cosa, forse i pezzi che mette il dj sono solo un pretesto, e in realtà ognuno sta cantando e ballando la propria musica.

Tutto intorno il caldo, il fiato delle persone, il clamore dalle casse erano come una schiuma invisibile, avvolgente, che occupava ogni spazio, riempiva la breve distanza fra persona e persona, si infilava nelle narici, invadeva la bocca, scendeva nel corpo. Non c'era rifugio. Con tutti se stessi, si doveva partecipare. A tratti chiudevo gli occhi, un po' per la vertigine e un po' per assaporare la vibrazione interna, quasi erotica, dei bassi che scuotevano lo stomaco. Poi li riaprivo, e la prima immagine che coglievo mi rimaneva impressa, come un fotogramma: le facce stravolte di alcuni ragazzi lì accanto, il ghigno esaltato di una ragazza impasticcata, il petto nudo di un macho sudatissimo; ma ogni immagine era sfocata, instabile, come ripresa da uno zoom troppo ravvicinato e mosso. Poi, d'un tratto, ho aperto gli occhi e c'era questo sguardo che vagava intorno, lì davanti a me; uno sguardo blu intenso, che risaltava come quando guidi di notte e vedi in lontananza il lampeggiante della polizia. Come avevo fatto a non notarlo prima?

Qualcosa di importante, avevo la sensazione, stava per accadermi. Di colpo mi sembrava di non essere più lì, ma di guardarmi da fuori come in un film. Non sapendo bene cosa fare, mi sono fermato e l'ho fissata. Lei continuava a ballare, non mostrava di accorgersi di me. Ubriaco com'ero, ho iniziato a recitare mentalmente: ti prego guardami. Guardami, guardami, guardami. Ma lei macché, niente da fare. Io sempre fermo davanti a lei, ostinatamente deciso a non muovermi finché non avessi ricevuto uno sguardo. Saranno passati dieci, forse quindici minuti.

Cosa ci fa rendere conto che una ragazza ci piace? Forse quella specie di solletico attorno ai testicoli, e alla base del pene? Forse quello strano pieno allo stomaco, o quel senso di tiepido sulle mani, al pensiero di toccarle i capelli? Chissà. Eppure sai di volerla conoscere, di volerle parlare, di volerla abbracciare. Senti che non potrai più star bene, se non la conoscerai. Restavo lì, davanti a lei, con la testa che ancora un po' girava, ma tornava via via più lucida. E non smettevo: guardami, guardami, guardami.

Poi qualcuno mi è venuto addosso, da dietro Mi sono girato e c'era un ragazzo magro, coi capelli lunghi scompigliati, che barcollava piegato in due. Aveva le occhiaie scurissime e gli occhi sbarrati di chi ha un brutto trip. Doveva aver sbattuto con la faccia da qualche parte, perché gli colava sangue dalla fronte e dal naso. Allungava la mano per appoggiarsi a qualcuno, ma tutti lo scansavano e continuavano a ballare. Lì in mezzo, così fragile e malfermo, somigliava a una trottola che finisce di girare, e da un momento all'altro si rovescerà sul fianco. Forse perché ero l'unico a stare fermo, il ragazzo è tornato verso di me e si è aggrappato alla mia maglietta, tirandola con forza.

Poi, lentamente, ha iniziato ad accasciarsi sulle ginocchia. Imbarazzato, avrei voluto sorreggerlo; ma era sporco dappertutto di sangue, non volevo toccarlo. Aveva una specie di tremore addosso, sembrava che si muovesse da dentro come se ogni suo organo si scuotesse, come un gong. Continuava a tenermi la maglietta, così mentre si abbassava sempre di più mi costringeva a chinarmi verso di lui. Mi è sembrato che mi guardasse; ma attraverso le ciocche di capelli aggrovigliati, gli ho visto due occhi completamente bianchi, le pupille roteate all'indietro.

Ho deglutito. Per qualche istante, siamo rimasti immobili. Poi, con mosse sincronizzate, due buttafuori sono arrivati e l'hanno afferrato per le spalle. Il ragazzo ha cercato di rimanere attaccato a me, ma i due con un brusco strattone l'hanno trascinato via. Indossavano guanti di plastica trasparente.

Tutto è sembrato tornare normale. La gente intorno continuava a ballare, e pareva non essersi accorta di nulla. Ma io avevo il cuore che batteva fortissimo, e la gola secca, del tutto senza saliva. Dovevo andare al bar. È stato allora che, mentre facevo per lasciare la pista, alzando il mio sguardo ho incrociato il suo. La ragazza con gli occhi blu mi stava guardando.

È difficile spiegare la sensazione dolce di quando una ragazza che ti piace si accorge finalmente di te. In parte è un senso di trionfo, come se avessi vinto una partita; ma è anche molto di più, è una tenerezza immediata che senti nelle braccia, e una sorta di gratitudine indefinita per ciò che ti sta accadendo; e una punta fastidiosa di paura, l'immancabile disagio di quando sai che da quel momento dipende tutto da te: e adesso?

Le ho sorriso. Forse anche lei ha sorriso, ma una nuvola di nebbia artificiale ci ha avvolti. Per qualche istante non l'ho più vista, e ho temuto che se ne sarebbe andata così, invisibile com'era arrivata. Ma quando la nebbia si è dissolta lei era ancora lì, e non stava più ballando, e continuava a guardarmi. Ho aggrottato la fronte: non so se questo mi rende più carino, ma lo faccio sempre quando voglio far colpo. Mi sono avvicinato. Le ho detto all'orecchio: «Io sono Alessandro». E lei: «Io sono Vanessa». Le ho preso la mano: era caldissima e morbida.

Era come avvicinarsi a un fuoco in inverno, quel tipo di sensazione che ci mette in pace con tutto ciò che ci circonda. Intorno a noi non c'era nulla di fuori posto. Avevo indossato gli occhiali della contentezza e quegli occhiali, così speciali, sfumavano e addolcivano i contorni del mondo.

Poi, durante la cena, tutto è filato liscio. Barbara ha soffiato sulle venti candeline della sua torta alla crema e alla frutta cinese, noi abbiamo applaudito e brindato col sakè. Detesto il sakè, ma gli altri sembrava che ne andassero pazzi. Sul tavolo c'erano i regali ricevuti da Barbara: oltre al mio libro, altri libri, cd musicali, un cd-rom e una sciarpa in lana di Calvin Klein («uh! perfetta con questo gelo»). Poi il regalo di Roby, che ci aveva lasciati stupiti: una segreteria telefonica Sony («che regalone, grazie! Così tutti i maniaci che mi chiamano si divertiranno a lasciarmi messaggi»).

Mi sentivo contento. Mi è sempre piaciuto avere amici padovani, che trovo qui quando torno da Ancona, che non partono ogni fine-settimana per le città dove hanno le famiglie, come la maggior parte degli altri studenti. Loro vivono qui: ed è un pensiero che, non so, mi lascia tranquillo.

E c'era Vanessa seduta accanto a me. Gli altri la trattavano come fosse stata la mia ragazza, si vedeva che non si rivolgevano a me o a lei come a un tu, bensì già come a un voi. Questa è una cosa che mi piace quando ti metti con una, il fatto che senti di assumere un altro aspetto agli occhi degli amici, non vali più per te e basta, ma sei legato all'idea dell'altra persona. Vanessa continuava a sorridere a tutti, sembrava che si divertisse. Era uno di quei momenti in cui ogni cosa gira per il verso giusto, e sei costretto a dirti attento, non montarti la testa. Per una frazione di secondo, ho pensato a mio fratello.

Lasciato il ristorante cinese, si è deciso di fare un salto all'Athanor. Ma prima ci siamo fermati in stazione, per rimediare un po' di fumo. Gli altri sono rimasti nelle macchine, mentre io e Roby perlustravamo i dintorni alla ricerca del marocchino che ci rifornisce di solito. Camminando nel freddo, guardavo Roby sbuffare nuvole di fiato condensato. «Fai delle nuvole enormi» ho detto, così tanto per dire. Lui mi ha guardato, ma uno sguardo strano che non gli avevo mai visto, come il modo in cui ti guarda qualcuno che la sa molto più lunga di te, ma non vuole fartelo capire per non metterti a disagio. «Non dire cazzate» ha detto.

Di marocchini in giro ce n'erano parecchi. Alcuni parlavano fra loro in piccoli gruppi, altri stavano in piedi da soli, contro i muri o i lampioni, e ci fissavano. Noi cercavamo il nostro. Comprare il fumo è come andare dal macellaio: si è più tranquilli rivolgendosi sempre allo stesso. Sopra di noi, il grattacielo verde-azzurro era una sagoma quasi nera, con poche luci accese. «Mi hai fatto un bello scherzo» ho detto.

«Non dire che non sei contento che ho fatto venire Vanessa, hai un sorriso da un orecchio all'altro» ha risposto Roby.

«D'accordo, ma potevi avvertirmi.»

Lui si è stretto nelle spalle.

«E com'è che hai fatto 'sto regalo di lusso a Barbara?» ho continuato.

«Deve andare a vivere da sola, le sarà utile la segreteria.»

«Sì, ma avrai speso un sacco di soldi.»

E lui: «Cazzo ti frega?».

Sono stato zitto. E ho pensato: Roby è strano ultimamente, devo indagare su cosa gli succede. Però era vero: al momento non me ne fregava niente; questa sera c'era solo Vanessa.

Abbiamo sentito un *psss*, ci siamo girati e finalmente eccolo il marocchino che cercavamo, seduto sul cofano di una macchina. Ci siamo avvicinati. «Trenta» gli ha detto Roby. Lui ha rovistato in varie tasche, prima del giaccone di pelle, poi dei pantaloni di fustagno, finalmente ha estratto un pezzo di fumo e ce l'ha dato. Non capirò mai questa cosa, di come facciano ad avere sempre un pezzo della grossezza giusta, sia che uno dica dieci, venti, trenta o anche cento. Senza parole, gli abbiamo dato i soldi e ce ne siamo andati.

Tornando dagli altri, li abbiamo trovati tutti fuori dalle macchine, che ridevano e schiamazzavano accanto all'edicola fuori dalla stazione, quella che tiene aperto fino a notte fonda. Paolo e Fabri avevano comprato una rivista porno e l'avevano data a Barbara dicendo che era un regalo di compleanno, e che perciò doveva accettarla. Barbara ridendo l'aveva gettata a Giulio dicendo che lei mica le voleva sapere, quelle cose della rivista, ma a lui che era un porco sarebbero certo interessate. Giulio gliel'aveva rilanciata e così adesso era in corso una specie di partita di pallavolo, con tutti che si buttavano addosso questa rivista, e chi la prendeva la rilanciava subito a qualcun altro. Ridevano come scemi. Ho notato che quelli dopo i vent'anni si gettano spesso in questo genere di pagliacciate, come non vedessero l'ora di poter tornare ragazzini. Ma ho l'impressione che non ci riescano davvero: che si tratti del sesso o di qualcos'altro, i ragazzini scherzano solo sulle cose che non conoscono; perciò i loro scherzi hanno un sapore del tutto diverso, come di attesa e fantasticheria, che noi non possiamo più sentire. Vanessa era in disparte e osservava la scena. Ero imbarazzato, certo stava pensando che i miei amici erano un gruppo di idioti. Ma lei mi ha lanciato uno sguardo che sembrava d'intesa, del tipo "non preoccuparti". Aveva una sciarpa attorno al collo, grigia e blu. Di solito la gente col freddo si imbruttisce, coi nasi rossi, le facce smorte e i corpi infagottati; ma lei no, era più bella che mai. Ha fatto uno dei suoi sorrisi; e io, rassicurato, sono tornato a guardare gli altri. Ma ho visto una cosa con la coda dell'occhio: ho visto che, appena io ho girato lo sguardo, il sorriso di Vanessa è scomparso in modo repentino, come quando le annunciatrici in tivù credono di non essere più inquadrate, e si tolgono il sorriso della buonasera cambiando completamente faccia.

Ho stretto i pugni nelle tasche. Come quando un lampo illumina un paesaggio, ho visto con chiarezza. Vanessa non era contenta di essere lì; era solo in imbarazzo. Forse stava contando i minuti che mancavano? Oppure si lambiccava per trovare una scusa? Di colpo ero molto stanco. Anche da ragazzino, ricordo, mi sentivo così: quando la vicina di casa mi prometteva una grossa ricompensa, se le avessi lavato la macchina; poi, dopo tanta fatica, ricevevo una mancia che bastava a malapena a comprare un gelato. A tenere in mano quei pochi soldi, mi sentivo esausto come non ero mai stato. Così, dopo che in quella serata le avevo diretto ogni attenzione, ogni mia energia, scoprivo che Vanessa bluffava.

A forza di essere scagliata da una parte e dall'altra, la rivista si è sfasciata in aria. Decine di fogli, tutti ricchi di foto esplicite, sono svolazzati intorno. Tutti hanno smesso di ridere. Nell'improvviso silenzio, una pagina è atterrata tra me e Vanessa. Sopra il primo piano di una penetrazione, in lettere gialle c'era scritto: *Sempre più a fondo*.

«Be', possiamo avviarci verso l'Athanor, no?» ha detto Barbara. Siamo saliti sulle macchine. Andando, mi è venuto un colpo di tosse; allora Roby ha detto come al solito che devo andare a correre se voglio irrobustirmi, e io come al solito ho risposto: «Sì, certo». Ma c'era qualcosa di deprimente in quelle battute scontate, pronunciate in modo meccanico, solo per abitudine. Ero nella fase di una delusione già mezzo compiuta, quando già l'hai intravista, ma tenti di far finta di niente. Irrazionalmente, mi aspettavo che Roby dicesse qualcosa da un momento all'altro, qualcosa di intelligente che mettesse a posto le cose; ma Roby adesso stava zitto. Ho guardato Vanessa, seduta accanto a me sul sedile posteriore, e naturalmente lei ha sorriso: avevo voglia di urlare.

Sembrava che l'Athanor fosse pieno di gente. Mentre gli altri entravano, Vanessa ha rallentato il passo e si è fermata poco fuori dalla porta. L'ho guardata impacciato. Come mi aspettavo, ha detto di essere stanca. «Preferisco non entrare, andrò a casa a piedi, tanto abito qui vicino. Mi saluti tu gli altri?»

«Certo» ho fatto, «ma non è meglio se ti accompagno?»

«Non preoccuparti, sono proprio due passi» ha risposto.

«Okay.»

«Okay, allora grazie della serata.»

«Grazie a te» ho detto. Sembravamo quasi due estranei; tutto il contrario del modo caloroso e pieno di promesse con cui ci eravamo salutati sabato scorso, all'uscita dalla discoteca.

«Chiamami» ha detto, ma si sentiva che era così per dire.

Stava andando tutto come doveva andare. Certe volte si è così abili!, a evitarsi le spiegazioni reciproche. Così Vanessa se ne sarebbe andata, senza dirmi cosa non aveva funzionato, né io glielo avrei mai chiesto. In questa giostra continua che è la ricerca di qualcuno con cui stare, o con cui andare semplicemente a letto, ci saranno mai il tempo e l'energia per chiarire le incomprensioni?

«Allora ciao» ha detto. Anche nel buio lì fuori, il blu dei suoi occhi spiccava intensamente, come avesse avuto due piccole lampadine dietro alle pupille. Avrei voluto baciare ognuno di quei due occhi. Lì al freddo, di fronte a lei che se ne stava andando, ho sentito un'erezione che mi cresceva sotto i jeans, tiepida contro la gamba.

«Vanessa...» ho fatto. Avrei dato qualunque cosa pur di poterla toccare.

«Cosa?»

Mi sono fatto coraggio: «Perché?» ho detto semplicemente.

Mi è sembrato che arrossisse, ma non ne sono sicuro; c'era troppa poca luce. Credo che avesse capito a cosa mi riferivo, ma ugualmente ha chiesto: «Cosa intendi?».

«Questa serata non ti è piaciuta» ho fatto, e senza volerlo le mie parole sono suonate come un'accusa.

«Ma no, che cosa dici.» Silenzio. Poi, come pentita: «Mi... mi sentivo un po' imbarazzata. Non so, sembrava che tutti dessero per scontato che noi ci metteremo insieme; non sapevo come comportarmi».

Ho deglutito. Cercavo di scegliere le parole da dire: era una di quelle volte in cui si ha l'impressione che ciò che accadrà dipenda da questo, dalla capacità di riuscire a esprimersi nel modo migliore. Ma non riuscivo a organizzare le frasi, in testa mi pareva di aver soltanto una specie di sabbia frusciante, come lo schermo della tivù quando si interrompe il segnale. Come tradurre in parole quella sabbia? Ho detto soltanto: «Immagino che il problema sia che non ti piaccio abbastanza». Detta così, anche questa sembrava una cosa brutale. «Eppure... mi pareva che fossimo stati bene sabato scorso... ci siamo anche baciati...» ho aggiunto.

«Sabato scorso eravamo in discoteca, era un'altra cosa no? Ma quando stasera sono arrivata al ristorante cinese... non so, ti ho visto diverso da come ti ricordavo. E hai fatto quello sguardo, quando hai capito che Barbara mi aveva invitata a tua insaputa... era uno sguardo come di... dolore...»

«Ma non era dolore! Era imbarazzo, è diverso.»

Vanessa ha sorriso, forse il suo primo sorriso vero dopo tanti falsi. Magari era di tenerezza, chissà? Ma in quel momento mi è parso di scherno, ed è stato come se mi avesse dato uno schiaffo, di colpo ho sentito tirare la pelle della faccia, e le labbra sono diventate secche, quasi avvizzite. Non mi ero mai sentito così.

«Comunque sia» ha detto, «ho capito subito che tra me e te non poteva andare. Che non voglio fare sesso con te, intendo. Lo sai com'è... Non è una cosa che decidi, la senti e basta.»

«Ah» ho fatto. Ora sì non potevo dire altro.

«Mi spiace che sia andata così» ha detto. Si è avvicinata e mi ha baciato le labbra, un bacio lievissimo che ho sentito appena, come quelli dei ragazzini al gioco della bottiglia. Dovevo sembrarle un tale sfigato.

Così, la bella Vanessa se n'è andata verso casa, con la sua pelle bianca, i suoi occhi blu, anche lei sbuffando grandi nuvole di fiato. Nella notte fredda, la guardavo allontanarsi. Non avevo il coraggio di affrontare niente: né i miei amici all'interno del locale, né quel buco che sentivo crescere in pancia, che era un po' l'umiliazione e un po', di già, un acuto rimpianto. Ma era soprattutto questo: l'impossibilità di scordare quella specie di abisso, la solitudine devastante respirata nell'attimo in cui, tra noi due, era atterrata sull'asfalto umido quella pagina con scritto: *Sempre più a fondo*.

Giovedì

Prima di cena ho fatto il bagno. Mi piace fare il bagno, mi ricordo di quando lo facevo da ragazzino e mi masturbavo nella vasca. Ricordo la sensazione di abbandono nel momento in cui venivo, il caldo intenso sulla pelle immersa nell'acqua, la sensazione di fluttuare se chiudevo gli occhi. Adesso no, mi limito a star lì nel profumo del mio bagnoschiuma al muschio bianco, quello che mi ha regalato Barbara una volta. Questa sera era forte anche l'odore del vapore, simile a quello di nebbia; ne saliva parecchio dall'acqua, per il contrasto con l'aria gelida. Con la faccia vicina al rubinetto cromato, senza intenzione ci ho colto il mio riflesso; ho iniziato a specchiarmi. Ho notato: più si avvicina la faccia al rubinetto, più questa appare deformata, il naso enorme, la fronte larghissima e il mento ristretto oppure il contrario, a seconda di quanto ci si avvicina. Allontanandomi un po', mi sono accorto che esiste una distanza da cui ci si può specchiare e vedersi giusti, come in un vero specchio. Ma è una distanza difficile sia da trovare che da mantenere, perché appena ci si sposta di un millimetro ci si ritrova deformati di nuovo. Così ho dovuto metterci impegno e parecchia pazienza, per riuscire a specchiarmi bene sul rubinetto. Finché, dopo dieci minuti di questo giochino, d'un tratto mi sono chiesto: ma chi me lo fa fare? E sono uscito dalla vasca.

Ho dovuto asciugarmi e vestirmi in fretta, prima di congelare. Boxer, maglietta, due paia di calze, jeans, camicia di tela e maglione di lana pesante: neppure a gennaio mi sono mai vestito tanto. Poi sono andato in cucina, dove c'era Ettore. Mangiava un trancio di pizza e guardava il telegiornale. Quando è comparso un servizio sull'eccezionale ondata di freddo che sta investendo il Nordest d'Italia, Ettore mi ha guardato in modo inconfondibile, il tipo di sguardo che dice più o meno: e allora? Io niente, ho fatto finta di non capire: sono sempre più convinto che questo freddo finirà presto, non può essere altrimenti, quindi è inutile accendere il riscaldamento. Così nessuno dei due ha sfiorato l'argomento; abbiamo chiacchierato un po' dell'esame di psicologia fisiologica che devo dare, e di come va il suo lavoro; ma ci esprimevamo in un modo vago, quasi circospetto, il modo in cui si parlano due persone quando c'è una tensione irrisolta. Poi lui si è alzato chiedendomi se più tardi sarei andato al concerto che c'era al Pedro. «Sì» ho risposto. «Allora forse ci si vede là», ed è uscito. In realtà non credevo che ci sarebbe venuto, perché non va quasi mai al Pedro; ma ho notato che certa gente ti lascia sempre formulando ipotesi di incontri vicini, soprattutto quando, come Ettore, vuole farti credere che non ce l'ha con te.

Rimasto solo, mi sono cucinato un po' di riso e l'ho mangiato con la salsa di soia. Finito di mangiare ho avuto uno di quei momenti di vuoto, di assenza di volontà, di noia lancinante... Avevo voglia di fare qualcosa senza sapere esattamente cosa. Potevo leggere un po' o lavorare al computer, sistemare gli appunti per l'esame o ascoltare un po' di radio... Alla fine, come sempre, mi sono steso sul letto e sono rimasto immobile, finché è venuta l'ora di uscire. Sono partito in bici alla volta del Pedro.

Sono passato accanto al parco dell'Arcella, quello in cui va a correre Roby. La pista del footing, buffamente, si snoda appena dietro un piccolo cimitero. Dev'essere un posto tranquillo: un giorno dovrò andarci. Magari non a correre ma solo a camminare. Da un sacco di tempo non cammino per i sentieri di un parco, non mi siedo su una panchina. Settembre sarebbe il mese ideale per questo tipo di cose; a settembre c'è quel clima a metà tra il caldo e il fresco, col sole sempre basso, e di sera è bello andare in bici, con le finestre delle case ancora aperte che riversano in strada il suono dei televisori, le sigle dei programmi familiari che riprendono uno a uno, dopo la pausa estiva. Ma ora è inutile pensare a quello che è stato il settembre di ogni anno passato. Quest'anno è così diverso: è come rievocare una storia troppo vecchia, di quelle che non sei mai sicuro se la racconti esatta. Davvero settembre era così? Non mi sto forse sbagliando? Mi accorgo che è duro fidarmi dei ricordi, quando il presente mi assicura il contrario.

Poi, con l'inevitabile fiato grosso e già mezzo assiderato, mi sono fermato un attimo sul cavalcavia della stazione. Col buio, i treni illuminati avevano un che di misterioso, di quasi spaziale. Ho pensato a quel cartone animato che vedevo da piccolo, quello del treno-astronave che viaggiava per la galassia. Ricordo che ero affascinato da quest'idea, di uno che guardava fuori dal finestrino lo spazio interstellare, privo di aria e di calore, mentre se ne stava comodo e al caldo sul sedile di un treno; era una cosa bella da immaginare, e ci pensavo ogni sera prima di addormentarmi. Poi ho guardato la sagoma del grattacielo verde-azzurro. Una per una, ho osservato le rade finestre illuminate: anche queste parevano quasi navicelle spaziali, sospese nel vuoto. Provavo una sensazione strana a guardarle, un misto di disagio e di desiderio intenso per la luce gialla dietro a quelle finestre; come se davvero mi fossi trovato sulla superficie di un pianeta senza atmosfera, o peggio ancora su di un ponte sospeso nello spazio siderale; come se ogni treno, ogni macchina che passava, ogni alta finestra fosse stata un'astronave, ogni casa una base spaziale; e io, pazzo, l'unico essere umano uscito all'esterno, fuori da ogni protezione. Per qualche istante mi sono sentito così impaurito, così poco protetto. Rabbrividendo, ho ripreso a pedalare.

Al Pedro c'era già un po' di gente; in attesa del concerto, dall'impianto audio usciva musica jungle. Quando entro in un centro sociale occupato ho quest'attimo di sollievo, come entrando in una zona franca: niente buttafuori né consumazione obbligatoria, nessun bisogno di nascondersi per rollare una canna. Anche se c'è sempre chi ti osserva un attimo di troppo, come per capire se appartieni al suo clan.

Ho preso una birra e l'ho bevuta guardandomi intorno, in cerca di Roby e degli altri. Nel giro di un quarto d'ora il posto si è riempito. Salutando qualche persona conosciuta, mi sentivo guardato con una punta di scherno, come uno di quelli che vanno in giro da soli sperando di trovare qualcuno con cui attaccare bottone. Detesto arrivare in un posto per conto mio e non incontrare subito le persone con cui ho appuntamento. Poi finalmente ho scorto Roby attraverso la ressa, quasi sotto il palco; stava ridendo e sbevazzando con Fabri e con Giulio e qualche altro che non conoscevo. A vederli là, vicini in linea d'aria ma difficili da raggiungere, per via di tutta la gente in mezzo, per un momento ho avuto la tentazione di andarmene: come quando si cerca a lungo un posto sconosciuto ma poi, arrivati in prossimità, non si ha più la forza di fare gli ultimi passi. Invece dopo li ho raggiunti, sgusciando fra la gente, ogni tanto scusandomi per un piede pestato. «Ciao ragazzi» ho salutato.

«Ehi Ale» hanno fatto Fabri e Giulio, e mi hanno presentato i tipi che non conoscevo. Roby si è limitato a fare una specie di smorfia con la bocca, come un sorriso bloccato a metà. È iniziato il concerto. Suonava un gruppo punk inglese che non avevo mai sentito, gli Smash. Hanno attaccato con un paio di pezzi abbastanza morbidi; una volta caldi hanno accelerato, e il ritmo si è fatto più forte, quasi feroce. Erano bravi e in poco tempo hanno infiammato il pubblico; tutti si sono messi a gridare, ad applaudire e a pogare, e nel frastuono di quelle note durissime anch'io mi muovevo, dapprima poco coinvolto e poi sempre più preso; e saltavo e sbattevo contro gli altri e ho pensato, così di punto in bianco, che la mia vita sta cambiando. Era una di quelle cose che ti vengono in mente inaspettate, indesiderate, e non sai bene da dove ti arrivano. Ma ho scacciato quel pensiero e ho continuato a pogare, spingendomi contro tutti, come una furia. Anche Roby pogava, ma in modo diverso dagli altri, senza foga, quasi trattenuto; sembrava che avesse cura di non sbattere contro nessuno, si limitava a saltellare qua e là; somigliava a uno di quei signori che si lasciano convincere a fare una partita di calcio coi figli, ma tutti timorosi di cadere o di sporcarsi. Allora di proposito gli sono andato addosso, con più violenza di quanto volessi. Roby è sbalzato indietro e per poco non è caduto. Per un attimo, sono rimasto io stesso stupito. Come avrebbe reagito Roby? Poteva arrabbiarsi e tirarmi uno spintone, o anche solo mettersi a ridere. Invece no: Roby si è limitato a guardarmi, quello sguardo strano che gli avevo visto già ieri sera, in cui non potevo riconoscere niente come l'ostilità o la pazienza o la benevolenza, niente insomma che potesse avere la forma di una reazione; solo una specie di distanza. Nessuno di noi due ha parlato; abbiamo continuato a seguire il concerto, però stando fermi, immobili l'uno accanto all'altro.

Ero perplesso: Roby è strano, ho pensato. Ma ancora non mi veniva di dare un significato a questa stranezza. Gli alti e bassi delle persone mi sembrano così comuni, impossibile preoccuparsene, anche se si tratta del mio migliore amico. Comunque avevo perso interesse per il concerto; passato qualche minuto, sono tornato verso il bar.

Roby mi ha raggiunto dopo un po'. «Ti piacciono?» ha chiesto accennando verso il palco.

«Sì» ho detto. «E a te?»

«Mmm...» ha fatto. Ha tirato fuori un pezzetto di fumo e ha iniziato a scaldarselo nel palmo della mano. Bravo Roby! Ho sempre ammirato chi sa rollare una canna stando in piedi, senza piani d'appoggio.

Guardando in giro, dall'altra parte del centro sociale ho scorto Ettore. Stava parlando con un marocchino. Ho pensato che avrei dovuto chiedergli se è da quel marocchino che compra quel fumo così buono. Poi, la testa di qualcuno mi ha impedito di continuare a guardarlo.

Roby si è acceso la canna. Quando fuma Roby è un po' buffo, aspirando incava le guance e aggrotta le sopracciglia, come per qualcosa di davvero sorprendente; pare quasi che la canna abbia un gusto inaspettato, un saporaccio cattivo, ma quando poi me la passa è una canna qualunque. Roby ha detto che non ne voleva più, allora l'ho fumata fino alla fine; mi piace quel momento in cui tutto si allenta, quasi che l'aria opponga meno resistenza ai movimenti. E i pensieri scivolano lenti l'uno sull'altro, senza il minimo attrito.

Quando il concerto era quasi alla fine, ci hanno raggiunti presso il bar Fabri e gli altri, tutti sudati. Anch'io ero un po' sudato, era da giorni che non mi sentivo così caldo; l'assembramento di tutta quella gente riscaldava e rendeva umida l'aria del Pedro; sembrava impossibile che fuori si congelasse. Qualcuno ha proposto il solito giro di birra, e mi sono ritrovato con un bicchiere in mano. «Un brindisi», ha detto Fabri; «alla partenza di Roby, e che Londra gli porti bene.»

Abbiamo brindato.

Certe volte, mi sembra che le idee assumano una consistenza strana. Sento nella mente come qualcosa di scivoloso, di molle, una specie di polipo che ha allungato troppi tentacoli, e ora ce li ha tutti annodati e ritorti. C'era un Ale che beveva la birra e fingeva di sapere di cosa stesse parlando Fabri; e un altro, anzi molti altri, che contraddicendosi l'un l'altro brancolavano confusi, alla ricerca di una spiegazione o di un qualcosa che fosse loro sfuggito. In quel febbrile andirivieni di pensieri, sconnessi e annacquati per l'effetto della canna, non approdavo a nulla.

Ho lanciato un'occhiata a Roby ma lui non mi guardava, beveva e chiacchierava con Giulio allo stesso modo di prima, quando l'avevo visto da lontano. Era come guardare le fotografie di una vacanza che i tuoi amici hanno fatto senza di te, e rendersi conto che si sono divertiti nonostante la tua assenza. Se anche io non fossi stato lì, Roby avrebbe bevuto e chiacchierato nell'identico modo, Fabri avrebbe proposto lo stesso brindisi, nessuno avrebbe detto o fatto qualcosa di diverso. Era una scena indipendente da me.

Roby stava per partire. Perché non me lo aveva detto?

Sono stato lì. Il concerto era finito, la gente si accalcava al bar e mi spintonava. Avevo un sapore di ferro in bocca, come se il mio stomaco si fosse mutato in una cavità metallica. Deglutivo inutilmente, quel sapore non se ne andava. Avrei voluto un'altra canna. Finalmente, Roby mi ha toccato un braccio. «Vieni a prendere una boccata d'aria?»

Fuori, si è chiuso il giubbotto e avvolto la sciarpa attorno al collo. Io invece, fumato com'ero, non sentivo alcun freddo. Abbiamo camminato un po', allontanandoci dallo stabile del Pedro. «Sei lucido?» mi ha chiesto Roby.

«Insomma» ho fatto. Non riuscivo a scacciarmi un'immagine dalla mente: un labirinto come quelli che si trovano sulle pagine di enigmistica, però fatto tutto a onde, senza angoli. Lo vedevo chiaramente se chiudevo gli occhi, ma anche a tenerli aperti non spariva del tutto, si sovrapponeva nel semibuio alla faccia di Roby.

Era il momento di parlare. Bisognava che ognuno tirasse fuori i pensieri, ne facesse partecipe l'altro. Sì, sentivamo che era questo che si doveva fare; ma non sapevamo da dove iniziare. Poi, forse perché lo stordimento mi dava coraggio, ho accennato: «Quand'è che parti?».

«La settimana prossima» ha risposto.

«Oh.» Entrambi ci guardavamo le scarpe. «E quanto starai via?»

Roby ha aspettato un po'. Poi ha risposto: «Non lo so. Ho un gancio lì, un vecchio compagno del liceo che mi ha trovato un lavoro di sei mesi, in un ristorante. E dopo, chi lo sa? Se trovo un altro lavoro, vorrei fermarmi a tempo indefinito».

«Oh» ho ripetuto. Non riuscivo a cancellare il labirinto ondulato. Non mi ero mai sentito così sballato per una canna, ma dovevo sforzarmi di ragionare, dominare la tensione. «Perché proprio Londra?»

«Mah, te l'ho detto, c'è questo tipo che mi ha trovato lavoro; non mi importa molto di Londra in sé, poteva essere anche Parigi o Amsterdam o Berlino. Purché fosse lontano.»

«Non sapevo che Padova ti andasse così stretta.»

«Padova, l'Italia... boh, qui mi sembra una vita piccola, meschina.»

Ho pensato a quella poesia che mi ha fatto leggere Ettore una volta, di Kavafis mi pare, che diceva che se uno si è rovinato la vita in un posto, se l'è già rovinata in qualunque altro; ma non l'ho detto a Roby. Invece gli ho chiesto: «E l'università?».

«L'università niente, la mollo. Tanto, di questo passo ci metterei dieci anni a finirla.»

«E preferisci fare il cameriere?»

«Ma farò il cameriere a Londra! Scusa ma è un'altra cosa.» Aveva un tono vivace adesso, il tono di chi vuole convincerti a tutti i costi; avevamo ripreso a guardarci, e si vedeva che il pensiero della partenza lo entusiasmava.

Per un attimo l'ho detestato. «E io?» ho detto, con la voce resa stridula da una specie di rabbia, o forse di sdegno. «Quando cazzo me l'avresti detto?» Bravo Ale! Avevo sputato fuori la mia domanda: ora stava a lui proseguire.

Col piede, ha giocato per un po' con un sasso. «A essere sincero» ha detto, «non volevo dirtelo per niente. Secondo i miei calcoli dovevi arrivare a Padova fra quasi due settimane; per allora, io sarei già stato a Londra.»

Forse le sue parole hanno agito come una sorta di shock. Il labirinto e quella specie di spugna umida avvolta intorno ai miei pensieri, all'improvviso si sono dissolti. Ho visto tutto come per la prima volta: c'era una luna quasi piena e il cielo era di un blu brillante, quasi tinto, come quello della carta stellata che fa da sfondo al presepe; era un cielo davvero bello, ma di quella bellezza un po' atroce, malinconica, impossibile da contenere. Intorno a noi l'aria era tersa, quasi luccicante, come se ci avessero polverizzato un cristallo, e mi entrava nei polmoni con una serie di piccole fitte. Stavo battendo i denti per il freddo, mi sono affrettato a chiudermi il giubbotto. Ho messo le mani in tasca e guardato Roby: aveva il naso rosso e segni orizzontali sulla fronte, anche se non l'aveva corrugata per niente. Continuava a giocare col sasso, mi aspettavo che da un momento all'altro lo calciasse via. Tra me e lui, c'era come un alito di una sostanza aerea che non era né luce né vento né temperatura, non odore, non rumore; ma la densità lacerante e quasi fisica di una profonda tristezza.

«Non odiarmi Ale» ha continuato. «Non so neppure io perché... ma sentivo che non sarei riuscito a spiegarti, a giustificare...» Aveva una vocina fioca adesso, la vocina di chi chiede scusa: non solo per il dispiacere causato a qualcuno, ma anche per quello arrecato a se stesso.

«Per Dio, Roby! Cosa credevi, che ti avrei impedito di partire?»

«No, è che... boh, forse mi sento in colpa per il fatto che ti lascio solo in questo posto di merda...»

Cominciavo a capire. «Questa non è una città di merda, Roby; è una città come tante altre» ho detto; ma sapevo che non era quello il punto.

Roby ha sospirato; sembrava che in quel momento gli mancasse un po' il fiato, proprio come a me: ci sono volte in cui non conta chi è allenato e chi no, chi va a correre ogni giorno e chi no. Volte in cui un'emozione, o lo sforzo di dire una cosa, fanno sentire come se un pallone si gonfiasse nel petto, comprimendo il cuore, schiacciando i polmoni, impedendo di respirare. «Vedi Ale» ha detto, «è che tu sembri così... fragile.»

Ho provato a ridere, il modo in cui si ride certe volte

per sfuggire all'imbarazzo. Non ci sono riuscito, mi è uscito soltanto una specie di guaito. Era uno di quei momenti che non somigliano a niente, non sono confrontabili con nessun ricordo, non sembrano la scena di nessun film, non suscitano neppure un'impressione definita; solo un senso di disagio, di desolazione: io, lui, il cortile scalcinato del Pedro.

«Adesso poi, con questa storia di tuo fratello...» ha detto Roby.

«Cosa c'entra?»

«Be', lui e Manuela ti hanno fatto da genitori no? Per cui è come se fossero tuo padre e tua madre a divorziare; io so cosa vuol dire, anche i miei hanno divorziato.»

«Non c'entra un cazzo.»

«C'entra che non voglio lasciarti solo proprio adesso...»

«Però...?»

«Però non posso farne a meno, devo andarmene! Ogni cosa mi è venuta a noia.»

«Ma perché?» ho gridato. È così difficile interrogare qualcuno, quasi un dolore. Prima, quando gli avevo chiesto quando mi avrebbe informato della sua partenza, avevo creduto che quella fosse l'unica domanda importante che dovevo sforzarmi di porre; che con essa si sarebbe esaurita la parte che dovevo avere in quel dialogo. Mi illudevo: dopo ogni domanda ce n'è subito un'altra, e un'altra ancora da fare, indipendentemente dalle risposte ottenute; e serve molto coraggio, perché ogni domanda bisogna strapparsela di dosso come una specie di zecca, che si porta via brandelli di pelle.

«Perché?» ha ripetuto Roby; «e che cazzo ne so? Davvero, Ale; devo andarmene e sento che è così, non chiedermi troppi motivi.» Nella sua voce c'era stizza; siamo stati un po' in silenzio, come per calmarci. Poi ha detto: «Mi rendo conto che è assurdo: studiamo psicologia e non sappiamo quasi niente, di quel che abbiamo in testa».

Ho annuito. Avevo freddo, volevo rientrare. Ma ho pensato che probabilmente se n'erano già andati tutti: nella notte gelida, ognuno dei due non aveva più nessuno oltre all'altro. Mi sentivo in una specie di trappola, come quando per scherzo ti lasciano in compagnia di qualcuno che non sopporti.

«Credo che andrò a casa» ho detto.

«Ti accompagno?»

«No, sono venuto in bici.» Ero atterrito dall'idea di passare con lui anche solo un ulteriore minuto. Era il tipo di distanza che sentiamo di voler prendere subito, immediatamente, da colui che di colpo non sembra più meritare tutta la nostra stima. Certo, lo sapevo, non potevo pensare nulla di definitivo adesso; dovevo aspettare di rifletterci con calma. Quando ci siamo salutati, come sempre accordandoci di sentirci all'indomani, non ci siamo guardati negli occhi; ci siamo stretti la mano fissando ognuno alle spalle dell'altro, come ci fosse stato qualcosa da vedere, oltre al buio e a qualche vecchio caseggiato. Mentre si allontanava verso la sua macchina, con le mani nella tasche del giubbotto, solo allora l'ho guardato. Lui sembrava che lo sapesse, pareva proprio recitare, con la schiena dritta e l'andatura lenta: la scena del grande addio.

Ho preso la bici, mi sono avviato verso casa. Ora, tardivamente, mi sentivo davvero arrabbiato. Non sopportavo l'idea: che lui finora avesse taciuto perché temeva di farmi mancare il suo appiglio, perché gli facevo compassione. Forse mi disprezzava, così come a volte si disprezza chi appare più sfigato di noi. Ma è sempre inutile e frustrante arrabbiarsi dopo, quando non si può più replicare nulla. Nel silenzio delle stradine secondarie, l'unico rumore era quello delle ruote della bici. Come un brusio sgradevole di voci, sentivo ripetere quella frase: *è che tu sembri così... fragile*. Non sapevo cosa fare per zittire quelle voci, era una specie di coro orrendo. Però sapevo come avrei risposto, se mai lo avessi rivisto: e tu, Roby? Cosa credi di essere, tu?

Venerdì

Dapprima, ancora mezzo addormentato, ho pensato che fosse un sogno. Era un'eco così lontana, impossibile considerarla vera. Quando finalmente mi sono accorto di essere sveglio, e che il telefono squillava davvero, ho deciso di non rispondere: suonava da un pezzo, avrebbe smesso prima che fossi riuscito a raggiungerlo. E poi, mi sono detto, a quest'ora può essere solo per Ettore. Non chiama mai nessuno, per me, di mattina. Cosa ci voleva a capire che non c'era, visto che non rispondeva? Macché, non riattaccava. Diventava una specie di prova di forza, la mia tenacia contro la sua: era come se sapesse che c'era qualcuno. Alla fine ho perso io. Sono andato verso la cucina, in mutande e maglietta, sicuro di tornare, entro mezzo minuto, nel tepore delle coperte. «Pronto?» ho fatto.

«Ah, stavo mettendo giù.»

Era mio fratello. È brutto: nel momento in cui mi rendo conto di dover affrontare una telefonata sgradita, sento già in anticipo tutto il peso della stanchezza, e una sorta di esasperazione per quella che sento come una profonda sfortuna: e pensare che potevo evitare di rispondere! Mi arrendo, avrei voluto dirgli; farò tutto quel che vorrai, ma per favore chiama un'altra volta.

Invece Matteo: «Allora come va?».

«Eh.»

«Eh cosa?»

«Si cerca di tirare avanti.»

«Ah.»

Ho pensato: perché la gente domanda come va, quando ha buoni motivi per supporre che vada male? È tanto difficile rinunciare ai soliti preamboli? Vorrei che la comunicazione andasse dritta al cuore delle questioni, rinunciasse ad avere rituali. Invece no, sempre formule di cortesia, sempre giri di parole, sempre tentativi di dire meglio, con più delicatezza; sempre dissimulare. Forse perché ciò che vogliamo dire è ogni volta così sfuggente, così cangiante... A volte ho l'impressione che noi, con la nostra lingua, le nostre labbra, la nostra sacrosanta predisposizione al linguaggio, non riusciamo a essere più che testimoni inefficaci e parziali di qualcosa che vediamo e sentiamo, ma non possiamo interamente trasmettere; come gli schermi delle ombre cinesi, lasciamo intuire le forme senza mai rivelarle.

«Allora, cosa fai di bello?» ha detto Matteo. «Sei stato poi alla Cappella degli Scrovegni?»

«No» ho risposto. Matteo mi ha sempre ripreso per questo: abito a Padova e non sono mai andato a vedere gli affreschi di Giotto. Ogni tanto, è un tormentone, salta fuori per chiedermi se ho rimediato a questa mancanza.

«Male. Ma come cazzo passi le giornate?»

«Eh.» Le mie mani erano gelate; le mani, si sa, sono sempre la prima parte del corpo a raffreddarsi. Le braccia, mi pareva che finissero a livello dei polsi; oltre, sentivo tipo dei moncherini a cui si attaccavano due pezzi di ghiaccio. A metterle sotto le ascelle, che è il sistema che adotto di solito per scaldarmi le mani, immaginavo che si sarebbero sciolte un poco alla volta. Ma non avevo solo freddo; sentivo una specie di nausea nello stomaco, come quando sei lì che inizia a venirti da vomitare, e ti ficcheresti un dito in bocca per farla finita presto. «E Manuela?» ho detto a bruciapelo.

«Manuela l'ho sentita ieri» ha risposto Matteo. Dal suo tono non capivo se preferiva parlare o non parlare di lei.

«Non è lì a casa?»

«No, saranno dieci giorni che sta da sua madre. Ma credo che presto andrà a vivere col suo nuovo uomo.»

A sentire le sue parole, sembrava che stesse facendo una specie di pettegolezzo, come se raccontasse gli affari di una lontana conoscente. Credo sia questo l'incredibile e il mostruoso di ogni rapporto: che così, da un giorno all'altro, l'intimità scompare e ci si ritrova ai lati opposti di una specie di burrone. E ti chiedi: dove cazzo è finito il ponte che ci univa e su cui ogni ora e ogni istante ci incontravamo e stringevamo e baciavamo, dove cazzo è andato eh? Chi è lo stronzo che l'ha fatto saltare? (Ma se è per questo, a chi era venuto in testa di costruirlo?)

«E perché ti ha chiamato?» ho chiesto.

«Veramente l'ho chiamata io. Per chiederle come sta e per dirle che oggi vado dall'avvocato.»

«Di già?»

«So che vuole sveltire le cose.»

Anche i piedi ormai erano congelati. Non sentivo più il confine tra me e le piastrelle del pavimento, era un unico blocco di ghiaccio. Ora che tutte le mie estremità erano ghiacciate, sentivo il mio corpo come attaccato da ogni parte da una specie di cancrena, che lo rendeva insensibile e quasi morto, pesante.

«Ma ti giuro, facciamo tutto di comune accordo» ha ripreso Matteo. «Ho deciso di comportarmi in modo conciliante, che altro posso fare? Non posso costringerla a ricominciare ad amarmi.»

«Già» ho detto. Ciò che Matteo diceva era talmente logico ed evidente che non si poteva pensare altrimenti, davvero; era uno di quei discorsi che ti fanno venire voglia di stringere la mano a chi li fa: bravo, bravo, tu sì che sai ragionare. Ma credo di sapere: tra la giustezza della ragione e l'istinto di un sentimento, c'è un contrasto così crudele. E tanto più qualcuno si dimostra lucido nella scelta del bene, tanto più atroce è il male che soffre. Povero Matteo. Che cos'è questa specie di serbatoio che abbiamo, in cui sembra che ci possa stare tutto il dolore del mondo? Ci vorrebbe qualcuno che dicesse: no, qui non ce ne sta più, ha fatto il pieno, lasciamolo smaltire.

«Matteo» ho detto; «Matteo».

«Ti pare?» ha continuato lui. «Io proprio non posso fare altro, d'altra parte si sa, la gente si lascia, può capitare no?»

Sì: Manuela ha lasciato mio fratello, Nino ha lasciato Ettore, Vanessa con me non ha neanche voluto cominciare; e Roby se ne va. 'Fanculo: ma che avete tutti?

«Matteo, ma te qualche volta ci pensi?» gli ho chiesto.

«A cosa?»

«A come sarebbe, se ci fossero ancora i nostri genitori.»

«No, non ci penso mai.»

«Io sì, magari te e Manuela non vi sareste sposati così presto, magari non vi sareste sposati per niente.»

«Cazzo dici...»

Cazzo dici. Ricordo tutto di quella sera; io avevo dodici anni, Matteo ne aveva venti e Manuela sedici. Ricordo che loro due mi tenevano la mano uno per parte, tutti e tre seduti immobili sul divano, mentre la notizia si spargeva e una processione di parenti e conoscenti convogliava a casa nostra. Ci abbracciavano e stavano lì, a guardarci, e noi non dicevamo niente, neppure piangevamo, forse neanche respiravamo, eravamo tre statue di gesso tranne che per quel tepore, tenue, che passava da Matteo a Manuela attraverso di me. C'erano ancora i due piatti intatti, sul tavolo; aveva cucinato Manuela, le piaceva venire a casa nostra e cucinare per i miei. Ricordo che ogni tanto mi giravo, a osservare i loro profili; ricordo che era come scoprirli per la prima volta: quello di Manuela era poco accentuato, dolce, con un naso corto e la sporgenza delle labbra un po' tremante. Quello di Matteo era duro, frastagliato, faceva pensare agli scogli erosi dal mare; gli occhi avevano un taglio all'ingiù che non si notava, guardandolo di faccia; ma la bocca era una linea sottile e drittissima, che sembrava tracciata con lapis e righello. Loro due, pareva che d'ora in poi sarebbero esistiti soltanto così, visti di profilo; tutto quel che avevo intorno, Matteo e Manuela e le altre persone e la mia stessa casa, era come vederlo disegnato su una serie di fogli, di quelli che a scuola si attaccano con le puntine alle pareti; e sembrava che da quel momento la mia vita dovesse consistere solo in questo, nel guardare di continuo questi disegni, sempre uguali, immutabili, così com'erano adesso; finché le puntine si sarebbero staccate, i fogli sarebbero svolazzati a terra, e io sarei rimasto a guardare un muro vuoto. Ma Matteo, il mio grandissimo eroico Matteo d'un tratto si era girato verso di me, mi aveva fissato, e con una voce molto più roca della solita aveva detto: «Non preoccuparti Ale, io e Manu saremo forti anche per te»; e io avevo sentito una sensazione come di avvolgenza, qualcosa come il polistirolo degli imballaggi, fatto per proteggere e assorbire gli urti.

Mi sono schiarito la gola. «Non lo so» ho detto; «facevo tanto per dire.»

«Ale...» ha sospirato Matteo; «vedi, io vorrei che almeno tu non ci stessi male. Ecco, ti ho telefonato solo per dirti questo: non stare male.»

È rimasto un silenzio, di quelli in cui senti come una reciproca sospensione: a me pareva che lui non avesse finito il discorso, lui forse pensava che dovessi replicare qualcosa. Eravamo come due attori che hanno fatto confusione sul testo, e restano a fronteggiarsi un po' imbronciati. Ma era stato lui a sbagliare battuta: quel che aveva detto era falso, si sentiva dal suo tono così vago, così poco convinto. Era passato così tanto, dal giorno in cui aveva detto, come un grido di battaglia: *saremo forti anche per te*. Ora, il vecchio Matteo non sapeva essere forte neppure per sé; e restava lì, attaccato al suo telefono, quasi mendicando da me una frase, anche solo una parola, qualcosa che lo aiutasse. Povero Matteo; povero Ale.

Ormai, ero tutto intirizzito: dalle mani e dai piedi, il gelo era risalito in tutto il resto del corpo. Mi sentivo le palle rinsecchite, e il pene raggrinzito, tanto che a tastarlo sotto le mutande era come palpare un pezzetto di albicocca disidratata. Non c'è dubbio: quando si comincia a sentire anche il cazzo come qualcosa di estraneo, di posticcio come una linguetta di stoffa attaccata lì per caso, vuol dire che si ha davvero freddo. Tremavo.

Continuavamo a non dirci niente; è tremendo stare al telefono in silenzio, mi sento talmente scemo. Infine ho detto: «Be', allora ciao Matteo».

Lui non ha risposto subito, sembrava che volesse stare lì un altro po'. Ma poi: «Okay Ale, sentiamoci presto».

«Certo.» Ho riattaccato; e mi sentivo convinto che dall'altra parte Matteo fosse rimasto con la cornetta in mano, come uno di quei bambini che prendono il telefono e parlano da soli. Sono tornato verso il letto, ma ormai ero davvero un ghiacciolo, mi sentivo senza corpo, quasi annullato; forse, ho pensato, quando raggiungi la stessa temperatura dell'ambiente circostante entri in una specie di trance, perché azzerando lo scarto termico superi una delle distinzioni principali tra te e il resto. Come una di quelle rare volte in cui ci si accorge di provare la stessa identica sensazione di un'altra persona, magari ascoltando una canzone o appena visto un film, mi pareva di aver abbattuto la barriera che mi fa da confine, quella specie di perimetro che mi delimita, e che è il mio corpo e il mio modo di sentire; ero come liberato dal peso di me stesso; ma soprattutto, ero ansioso di ritrovarlo.

Certe giornate sono dure da far passare: riprovare a dormire, non riuscirci, vestirmi, mangiare un po', accendere il computer, spegnerlo quasi subito, ascoltare i Cocteau Twins, guardare la tivù, riaccendere il computer, spostare tutti i miei file da una cartella all'altra, giocare senza entusiasmo a campo minato, spegnere, riprovare di nuovo a dormire, farmi un tè, ascoltare una vecchia raccolta dei Joy Division, poi quella canzone dei Portishead: *'cause nobody loves me...*

E sempre quel freddo cane, che non riuscivo a togliermi di dosso. E i pensieri! I pensieri restavano fissi, inamovibili, una specie di ferro da stiro piantato in mezzo alla testa, col cervello che cercava di adattarsi a questa forma dura, spigolosa. Ogni cosa facessi non li cambiava, non li spostava di un millimetro, come quando la sera si guarda dalla finestra per vedere cosa c'è fuori e invece niente, si distingue solo il proprio riflesso sul vetro; e pur muovendosi, spostandosi, provando tutte le angolature non si ottiene niente, si continua a vedere la propria faccia. Livida, dura. La mia vita sta cambiando...

Infine, meno male, è arrivata l'ora di cena; Ettore è

rientrato, ho cucinato io un po' di risotto per entrambi, faceva schifo ma abbiamo fatto finta di niente. Poi abbiamo giocato a carte, tutti e due senza impegnarci. Quando lui è uscito di nuovo, io sono andato a letto.

Rabbrividivo, rabbrividivo, a un certo punto ho pensato persino di avere la febbre. Ecco! Doveva essere così, dovevo essere ammalato, e per paradosso è stato questo pensiero a mettermi calmo: domani avrei iniziato a mandar giù aspirine, e mi sarei messo a posto. Ha iniziato a venirmi sonno: un po' soltanto, ma abbastanza da sperare di riuscire ad addormentarmi entro breve.

Ho pensato a sabato scorso, quando io e Roby siamo tornati all'alba dalla Scala: mentre io avevo fatto la conoscenza di Vanessa, Roby si era impasticcato; adesso guidava scuotendo la testa avanti e indietro, e muovendo le gambe come continuando a seguire la musica; è il suo modo di smaltire; «non bisogna restare fermi», dice, «bisogna continuare a muoversi un po', come alla fine di una corsa quando smetti di correre ma continui a camminare, per non interromperti bruscamente». Ogni tanto mi pareva che andasse troppo a destra o troppo a sinistra, allora gli prendevo il braccio che teneva il volante e glielo spingevo delicatamente nel verso giusto. Poi si è messo a canticchiare una vecchia canzone di Luigi Tenco: *mi sono innamorato di te... perché... non avevo niente da fare... il giorno... volevo qualcuno da incontrare... la notte... volevo qualcosa da sognare...* Io guardavo fuori, al cielo che schiariva. Ero contento: dopo esserci conosciuti in pista, io e Vanessa avevamo passato la notte a chiacchierare su un divanetto, poi ci eravamo scambiati i numeri di telefono.

Se mai tornerò alla Scala, non potrò rivedere quel divanetto senza pensare ecco, eravamo lì. Vedrò altri seduti allo stesso posto, vedrò i loro culi così perfettamente adagiati, comodi, quasi sprofondati E mi darà fastidio!, mi sembrerà, mio Dio, una specie di profanazione. E io, quante volte avrò messo il culo o i piedi in posti che per qualcuno sono stati importanti, senza che l'idea neanche mi sfiorasse?

E mentre Roby cantava sentivo, felice e stordito, chiudersi gli occhi come al suono di una ninnananna. Era uno di quei momenti che ogni tanto capitano, perfettamente privi di complicazioni. Solo progetti, nuove fantasie. È incredibile: a volte basta l'entusiasmo per un nuovo incontro per ridefinire completamente la visione del futuro. La nostra vita cambia come una casa con le tinte nuove. Ma quelle tinte possono sbiadire, ammuffire in pochissimi giorni. Pensare adesso a quel mattino è come concentrarsi su un ricordo lontanissimo, di quelli sfocati e inesatti dell'infanzia.

Rannicchiato al centro del letto, ho capito che mi stavo finalmente per addormentare. Meno male che viene un'altra notte, ho pensato; meno male che dormendo abbiamo un modo di staccare una giornata dall'altra, sperando almeno che quella dopo sia un po' meglio. Fuori dalla mia finestra, per qualche istante, qualcuno ha fischiettato il motivo di *With or without you*. Come ipnotizzato, mi sono lasciato andare al sonno.

Sabato

Svegliandomi, pensavo ancora al fatto di avere la febbre. Non ce l'avevo: come quando da ragazzini ci si sveglia la mattina del compito in classe con la speranza di essere ammalati, e invece macché, già prima di alzarsi si sente addosso quell'energia e quel senso di scioltezza di quando si è sanissimi. Mi sono rassegnato a lasciare il letto, mi sono vestito nel gelo della stanza. Mentre lo facevo, mi è parso che dopotutto facesse un po' meno freddo del giorno prima. Be' certo, ho pensato, più freddo di ieri proprio non può fare, sicuramente adesso si va verso un miglioramento, per forza. Più freddo di così non si può: ma non riuscivo a decidere se questo pensiero mi rinfrancasse, oppure se ormai non me ne fregasse più niente.

Bisognava decidere come usare la giornata: la biblioteca di sabato è chiusa, e non avevo alcuna commissione da fare in centro; però di stare a casa non ne avevo voglia, visto che fuori c'era un principio di sole. E poi pensavo a quell'articolo di un giornale femminile, che avevo letto una volta a casa di Barbara: diceva che quando ci si sente probabili vittime della depressione è raccomandabile uscire il più possibile. Per cui su in sella e partenza, imbacuccato nella sciarpa, col vento che fischiava nelle orecchie e sembrava quasi una cosa solida, che strusciava sulla faccia. L'itinerario di sempre: raggiungere via Tiziano Aspetti, scalare il cavalcavia della stazione, percorrere Corso del Popolo e Corso Garibaldi, incatenare la bici a un palo vicino all'Upim; poi girovagare un po', toccando le solite tappe: la Ricordi, la vetrina di Armani in Galleria Borromeo, i telefoni pubblici in Riviera. Non c'era quasi nessuno in giro; era venuta l'ora del pranzo e pareva che le vie del centro si concedessero una momentanea calma, prima dell'affollamento del sabato pomeriggio. Era uno dei rari momenti in cui la città appare col suo vero aspetto, solitaria, quasi disadorna senza il caos di sempre: le serrande di molti negozi abbassate, i piccioni che beccavano qua e là indisturbati, gli autobus che fermavano e ripartivano vuoti. C'era un'aria di silenzio e di vaga fragilità, come qualcosa sul punto di spezzarsi, quasi la circospezione che si usa quando in casa c'è un bambino che dorme. Si stava bene; se solo l'aria fosse stata un po' più tiepida, avrei sentito qualcosa di simile alla pace.

Sono entrato in un bar e ho preso un panino con una Ceres. La cameriera era giovane e abbastanza carina, ci siamo scambiati un sorriso di quelli che a volte nascono spontanei, senza alcuna particolare intenzione; di quelli che dopo un po' neanche li ricordi, però lasciano dentro una traccia di buonumore. Mi sono detto: ecco, è sempre la stessa vita, è sempre la mia vita; nessuno me l'ha tolta, perché dunque sento a tratti questo senso come di mutilazione, quasi che avessi perso in un incidente una gamba o un braccio? E poi, sbattendo le palpebre: e se fosse così che va? Se della vita di ognuno, da un certo punto in poi, dovesse inevitabilmente far parte proprio questo sentimento di privazione e incompletezza, che non ha nulla a che fare col tedio insoddisfatto che ogni adolescente già conosce, ma che è una sorta di consapevolezza dolente, quasi una piaga invisibile sulla pelle, e che è la coscienza della propria limitatezza?

Non avevo più fame, ho lasciato il panino a metà. Ho finito la Ceres, ho pagato e sono uscito. E adesso? Ho continuato a girovagare a caso, per una o forse due ore, senza sforzarmi di capire cosa provavo: l'inquietudine, si sa, tante volte non si misura e non si lascia comprendere, è come una macchinina di cui si è perso il radiocomando. Finché ho iniziato a vedere le prime ciurme di ragazzini che sciamavano intorno, tutti belli impomatati per i loro flirts da passeggio: così, le vie e le piazze venivano restituite alla popolazione naturale del sabato pomeriggio; e a me, come un guardiano che ha esaurito il suo turno, non restava che tornare a casa.

Pedalando verso casa, ho pensato che potevo comprare delle paste da mangiare col tè. Quanto tempo era passato da quell'altra volta che le avevo comprate per Ettore? Certo non più di una settimana, ma sembravano secoli; certe volte è così difficile avere un'idea di come passa il tempo, è sempre o troppo veloce o troppo lento, o troppo denso o troppo diluito, non è mai giusto insomma. In ogni caso, ho pensato, Ettore non credo abbia più bisogno di dolci per dimenticare Nino: al mattino uscendo avevo visto due paia di scarpe fuori dalla sua porta, le sue e quelle di qualcun altro.

Quando sono rientrato mi sono tolto il giubbotto e la sciarpa e i guanti, ma prima di riporre questi ultimi ci ho annusato dentro. Mi piace l'odore dell'interno dei guanti, soprattutto se sono di pelle: non assomiglia a nessun altro odore che io conosca. Credo sia l'odore delle mani. Qualcuno penserà mai che le mani hanno un loro odore?

Poi ho fatto per andare in bagno, ma quand'ho aperto

la porta mi sono trovato davanti una scena inattesa: Ettore e un ragazzo marocchino, quello con cui l'avevo visto al Pedro, nudi insieme nella vasca. Anche se ho richiuso subito la porta, bofonchiando un meccanico «scusate», tutta la scena mi si è stampata nitidissima nella mente. È sempre così: le immagini che meno mi piacciono sono quelle che fotografo meglio, e senza volerlo avevo colto ogni particolare: la schiena bianca e un po' brufolosa di Ettore, il ciuffo di pelo sul petto del marocchino, i loro due cazzi eretti, piccolo e rosa quello di Ettore, grosso e scuro quello dell'altro; lo sguardo che il marocchino mi aveva rivolto per una frazione di secondo, che non era sembrato molto di imbarazzo, ma piuttosto di divertimento, forse addirittura di invito. E mi era giunto un odore familiare alle narici, che avevo riconosciuto come quello del mio bagnoschiuma al muschio bianco.

Sono andato in cucina a prepararmi il tè. Avevo lo stomaco chiuso per una sensazione che non era esattamente disgusto, ma un misto di malessere e desiderio di distacco, voglia di dimenticare subito, al più presto, per poi far finta di niente. Non so, tipo quella volta nella palestra della scuola, tanto tempo fa, che entrando nello spogliatoio sbagliato avevo scorto una ragazza trafficare con un assorbente: era qualcosa che non avrei mai dovuto vedere, che doveva esistere certo, ma nascostamente. Mi sono seduto. Prima d'ora non avevo mai visto due uomini nudi insieme, e l'impressione che mi era rimasta era come di qualcosa fuori posto, profondamente innaturale, quasi come un incesto. Eppure l'ho sempre saputo no?, mi sono detto. Io l'ho sempre saputo, e comunque sono affari loro.

Ho acceso la tivù e sono stato lì a organizzarmi uno spuntino: col tè al bergamotto ci stanno bene il pane tostato e la marmellata d'arance, e subito dopo una canna leggera. Ma non ne avevo realmente voglia, inghiottivo e inspiravo faticosamente, senza sentire alcun gusto. Mi sentivo anzi al limite del vomito; però andavo avanti, un sorso di tè e un boccone di pane e marmellata, e un altro sorso e un altro boccone, e un tiro di canna e un altro tiro e un altro tiro, per forzare quel blocco che mi sentivo internamente: come quando si cerca di avviare a spinta il motore di una macchina. Stavano trasmettendo un video di Aphex Twin quando Ettore è comparso in cucina, vestito di tutto punto. Il marocchino chissà, forse era andato via. Ettore si è versato un bicchiere di succo d'arancia e si è seduto poco lontano da me, anche lui guardando il video. Tanto per cambiare, mi sono accorto che c'era un freddo pazzesco intorno a noi: altro che miglioramento, come avevo sperato stamattina! Fuori dalla finestra era scomparso ogni accenno di sole e c'era un cielo grigissimo, pareva quasi stesse calando il buio, ed erano appena le quattro del pomeriggio. Sempre così: la giornata si apre con un tocco di sole che fa illudere, poi inevitabilmente il nero e il gelo. Ed Ettore, questo finocchio, credo che in quel momento abbia detto davvero l'unica cosa che poteva: «Allora, lo accendiamo o no 'sto riscaldamento?».

E io, senza neppure stupirmi: «No» gli ho risposto, con un tono molto più fermo di quanto io stesso mi aspettassi. Così siamo rimasti lì, noi due in silenzio, io finendo di fumare la mia canna, lui sedendo immobile a guardare i video, nella luce sempre più scarsa.

Domenica

Come mi capita a volte, mi sono svegliato e non capivo bene dov'ero. Ho aperto gli occhi e c'era quasi uno strano impasto, dei sogni che avevo fatto e della stanza dove mi trovavo, e di tutte le altre stanze dove mi sono svegliato nella mia vita. Poi ho compreso: io, Padova, le campane della domenica che suonavano a più non posso. Allora ho sentito una specie di delusione, come quando ti lasci incuriosire dalla nuova persona che dicono di volerti presentare, e poi si tratta di qualcuno che conoscevi già. Eccomi: non ero diverso, non ero un altro, come avevo sognato durante la notte; ero proprio io, Ale, e la mia vita era identica a quella che avevo lasciato la sera prima, quando mi ero addormentato. Fuori dal letto, neanche a dirlo: un freddo che non ci si stava. Io, ho pensato, un freddo così non l'ho mai sentito, davvero mai, in nessun mese e in nessuna stagione; questa è proprio pazzia, sarà l'effetto serra che ha devastato tutto, non lo so, ma il brutto è che non si può fare nulla: accendere il riscaldamento no, neanche per sogno, sarebbe come accettare di diventare pazzi anche noi; no, bisogna essere forti.

Ha suonato il telefono. Chissà perché ho pensato: "Roby". Ma cosa telefonava a fare, di domenica mattina per di più? In ogni caso, ero certo che fosse per me e non per Ettore: era una di quelle volte in cui pare che il telefono abbia uno squillo diverso dal solito, più acuto e prolungato, qualcosa di simile a una voce stridula che chiama il tuo nome. Infatti era per me. Ma non era Roby: «Ciao Ale» ha detto una voce femminile che ho riconosciuto subito.

«Manuela» ho fatto. È assurdo: certe volte crediamo di non poterci più sorprendere di niente; quel movimento interno che è lo stupore, rapido e leggero come una capriola all'indietro, ci convinciamo in fretta di averlo disimparato. E invece, eccolo qua: forse la vita non è mai abbastanza prevedibile da lasciarcelo dimenticare, e lo stupore è come una lingua straniera in cui ci esercitiamo poco, ma che all'occorrenza scopriamo di ricordare perfettamente. «Manuela» ho ripetuto.

E lei: «Cos'è, credevi che non mi avresti più sentita?».

«No, boh... non so...» ho fatto confuso.

«Be', almeno chiedimi come sto» ha ridacchiato. Aveva quel tono fin troppo spigliato di chi vuole evitare a tutti i costi l'imbarazzo.

«Come stai?» le ho chiesto allora.

«Bene, grazie. E tu?»

«Bene.»

«Mi fa piacere.»

«Ehm... Matteo lo sa che mi stai chiamando?»

«E che c'entra?» ha detto, ridendo di nuovo; ma stavolta era proprio una risata forzata.

Vero, non c'entrava nulla, ma era la prima cosa che mi era venuta da chiederle; immaginavo Matteo che forse in quel momento stava ancora dormendo, ignaro di questa conversazione fra me e lei; e il pensiero della sua inconsapevolezza mi metteva a disagio: non so, in qualche modo mi pareva di essere sleale, come stessi trasgredendo le regole in qualche gioco di alleanze. Forse Manuela ha intuito il mio stato d'animo, perché ha detto: «Ti imbarazza questa chiamata? Guarda che non fai niente di male se parli con me».

E io: «Ma no, figurati».

Sentivo confusione intorno a lei, tipo il trambusto di un posto affollato. Stavo per chiederle dov'era, quand'ho sentito nel ricevitore l'eco di una voce amplificata: «Padova, stazione di Padova. Treno diretto per...». Mi sono sentito di sasso. Non potevo crederci: «Sei a Padova» ho sussurrato.

«Eh sì» ha risposto. «Ho preso un treno stamattina all'alba, sono appena arrivata.»

Ero senza parole. Manuela è sempre stata un po' imprevedibile, ma una cosa del genere non l'avrei mai immaginata. Così sono rimasto lì con la cornetta in mano, già consapevole che Manuela era certo venuta per parlare, per spiegare, e che alla fine si sarebbe aspettata un mio segnale: di comprensione o di ostilità. E sentivo un senso come di inadeguatezza, tipo un giovane giudice che venga chiamato a condurre un processo molto prima che si senta pronto per farlo, prima ancora che abbia finito i suoi studi di giurisprudenza.

«Ehi, non mi dici più niente?» ha chiesto.

Allora finalmente: «Aspettami lì davanti alla biglietteria, arrivo entro un quarto d'ora». E dopo aver riagganciato mi sono preparato in fretta e sono partito in bici, con nell'animo solo una specie di confuso timore, quasi la paura che lei fosse venuta a dirmi qualcosa di troppo grande, ancora più spropositato di quel che sapevo già, qualcosa che non avrei saputo contenere e comprendere.

A guardare il cielo ci si sentiva male, era così uniforme e grigio che veniva voglia di urlare; pareva impossibile che fosse composto di nuvole, sembrava piuttosto un drappo unico messo lì alla meno peggio, col pericolo che si staccasse e cadesse giù da un momento all'altro. La luce nelle strade poi, era così fioca da sembrare una penombra, tanto che i lampioni erano ancora tutti accesi. All'interno della stazione invece l'illuminazione era spenta e si camminava come dentro una fotografia in bianco e nero, di quelle buie scattate senza flash. In compenso l'atrio era invaso da una comitiva di boy-scouts che partivano per chissà dove, allegri e vocianti coi loro fazzoletti rossi: e il contrasto fra loro e tutto il resto era così netto da darmi un'impressione simile a quella dei sogni, quando con lo stesso sguardo si vedono le cose più discordanti.

«Ale!» mi sono sentito chiamare.

Mi sono girato ed eccola lì, con i capelli biondi un po' scompigliati, le mani nelle tasche del cappotto. Era carina come sempre, con quella sua aria un po' da scoiattolo, gli occhioni grandi sorridenti. «Manuela!» ho fatto. D'impulso le ho dato un bacio sulla fronte, il nostro saluto abituale. L'ho annusata: aveva il profumo buono di sempre. «Non ti avevo proprio vista, sai?»

E lei: «Pazzesco, mi avevano detto che a Padova faceva freddo, ma non credevo così tanto! Fortuna che ho pensato di vestirmi pesante». Ha tolto una mano dalla tasca e con il dorso si è sfiorata una guancia, inclinando un po' la testa. Sembrava una di quelle bambine che vedi al mattino d'inverno, mentre aspettano l'autobus per andare a scuola, tutte infreddolite e desiderose soltanto di tornare a casa, sotto le coperte. «Sono congelata. Ma come fai tu a resistere?»

«Boh» ho risposto.

«Ci muoviamo da qui?»

«Sì, magari andiamo a bere qualcosa di caldo. Hai già fatto colazione?»

«No, e tu?»

«No, neanch'io» ho detto.

Siamo usciti dalla stazione e ci siamo incamminati lungo il corso. Tacevamo, come una di quelle coppie che non hanno bisogno di parlare per stare bene insieme, o per ritrovare il vecchio affiatamento. Ma io sapevo che, tutt'altro, avevamo molte cose da dirci; eppure questo pensiero non mi agitava più, mi lasciava anzi calmo e stranamente sollevato, come quando ci si avvicina alla sospirata spiegazione di un brutto malinteso. Dopo un po' abbiamo trovato un bar aperto e ci siamo infilati dentro. Poi, con davanti i nostri cappuccini e brioche, Manuela ha fatto: «Allora, che c'è di bello da vedere a Padova? Sai che è la prima volta che ci vengo».

«Mah, che ne dici della Basilica di Sant'Antonio?»

«Sì, anche; ma non è qui a Padova che ci sono quegli affreschi di Giotto?»

«Ah sì, alla Cappella degli Scrovegni.»

«Ci andiamo?»

«Certo, è qui vicino» ho detto. E poi: «Pensa che io prima d'ora non sono mai andato a vederli, Matteo mi ha sempre sgridato per questo».

«Ah già, me lo ha detto una volta.»

Ha bevuto un po' del suo cappuccino. Adesso che si era accennato a Matteo era tornata come un'ombra tra noi, quasi un ricordo doloroso che entrambi cercavamo di dimenticare. Ma era questa la differenza: per lei Matteo era davvero già qualcosa come un ricordo, qualcosa da superare, da relegare in quella fascia della memoria dove si tengono le cose del tutto finite; per me no, per me Matteo era l'unica persona, ormai, che costituisse la mia famiglia. Eppure, non potevo negarlo: nel mio animo più irrazionale, istintivo, in quel momento avrei preferito essere come Manuela, poter pensare a Matteo come a qualcuno da lasciare; e mi sentivo come il ragazzino che non è stato accontentato nella suddivisione delle squadre, sicché si ritrova a giocare in una squadra mentre preferirebbe stare nell'altra, in quella dei più forti, dei vincenti. E più mi lasciavo andare a questo pensiero, più mi sentivo scorretto e stronzo; per cui alla fine ce l'avevo anche con Manuela: lei che mi gettava in questo stato se ne sarebbe poi andata, leggera e indifferente, come una colomba che vola via dal recinto dei polli.

«Che hai?» ha fatto Manuela. «Hai una faccia...»

«E che vuoi che abbia?» ho sospirato. «Vieni, andiamo via». Abbiamo pagato e siamo usciti.

Fuori, si era avviato anche un po' di vento. Soffiava giusto nella direzione opposta alla nostra, e a sentirselo contro sembrava di avere una lametta che pelava la faccia. «È tremendo!» ha fatto Manuela, e si è aggrappata al mio braccio.

Anche a me quel vento dava fastidio, ma mi sono ac corto di provare una sorta di piacere a vedere che lei ne soffriva più di me. Certe volte capita: di essere confusi e di non capire niente di quel che si sta provando, di avere dentro un miscuglio intollerabile di affetto e rancore, di sfiducia e rimpianto, tanto impossibili da distinguere quanto lo sarebbero alla fine di un pranzo la minestra e l'arrosto dal pane e dall'insalata, tutti masticati e impastati nella pancia. Ma in questo amalgama di sensazioni, certe volte una piccola casuale sofferenza che si vede inflitta all'altra persona ci regala un'inevitabile senso di soddisfazione, ed è quella soddisfazione ad allargarsi in noi con un gusto unico e inconfondibile, il solo che si possa infine riconoscere, come quello del caffè appena dopo quel pranzo. Ha freddo, pensavo; e questo certo non faceva cessare il freddo che sentivo io, ma era come se in parte lo alleviasse.

«Stavo pensando» ho detto, «la Cappella degli Scrovegni non si può vedere da sola, è abbinata ai Musei Eremitani e ci si mette un po' a visitare tutto; magari è meglio tornare dopo, quando saremo stanchi di chiacchierare io e te, no?» Lo dicevo un po' perché volevo prolungare quella sensazione di vederla patire il freddo, che mi dava come l'impressione di avere un certo vantaggio; un po' perché effettivamente non mi andava di stare una o forse due ore per vedere un museo intero, non adesso, con quella voglia che sentivo di parlare con lei. Manuela ha fatto un mezzo sì con la testa, di quelli poco convinti; si capiva che avrebbe preferito infilarsi nel museo, ma non ha protestato e mi ha seguito docilmente, mentre oltrepassavamo la Cappella e proseguivamo per il centro.

«Sai» ha detto dopo un po', «ho pensato molto a questo momento, a tutto quello che dovevo dirti e al modo in cui lo avrei detto.»

«Ah sì?» ho risposto, tirando su col naso e guardando lontano, verso il semaforo in fondo alla via. Come lei prima al telefono, volevo far di tutto per sembrare naturale e disinvolto, quasi distratto. «Ma com'è che ti è preso di venire così all'improvviso, senza neanche avvertire?»

È stata zitta un po'. Poi ha detto: «Non è che avessi deciso di venire proprio oggi, pensavo semplicemente che sarei venuta un giorno di questi». Pausa. «Poi stanotte, non so, faticavo a dormire e pensavo a te. Sai quelle volte che non ti togli qualcuno dalla mente, così ti convinci di doverlo vedere al più presto?»

Ho annuito.

«Ecco, così intorno alle quattro e mezza mi sono alzata e ho controllato sul televideo il primo treno che potevo prendere; ho detto a Fabio di stare tranquillo, che sarei tornata entro stasera; e sono partita.»

«Ah.» L'aveva detto dunque: Fabio. Detto così suonava come un nome qualunque, innocuo, senza nulla di sgradevole. Di solito è così: i nomi che sento pronunciare per la prima volta, senza che li possa associare ad alcuna faccia nota, evocano in me nient'altro che questo, una specie di spazio indefinito e neutro come una macchia trasparente, qualcosa per cui è impossibile provare un'emozione: l'indifferenza, insomma. Ma poi, quel Fabio ha cessato di essere un semplice suono, una semplice parola, per trasformarsi al mio interno in qualcosa di più complesso: non già un'idea ma piuttosto un'ombra, la sagoma di un uomo che viveva con Manuela, dormiva con lei, mangiava con lei, faceva l'amore con lei: faceva esattamente quel che aveva fatto Matteo, ma non era Matteo. Ecco, quest'ombra nella mia mente e non quel nome era il terribile; quel nome di per sé, Fabio, non era proprio niente.

«Così eccomi qua» ha continuato. «Ma adesso che ti ho accanto, non so neanch'io cosa ne resta, di tutto quello che volevo dirti.» Si era girata verso di me, lo vedevo con la coda dell'occhio; io continuavo a tenere lo sguardo fisso davanti. «Non ricordo niente di tutte le frasi che avevo preparato per farlo, mi ero composta un bel discorso, in qualche modo volevo farti capire che è così che va... voglio dire, che non c'è modo di controllare queste cose, è un fatto che non si può in nessun modo impedire, ti innamori e basta...»

Ho deglutito. Anche lei ha deglutito, con una specie di schiocco secco che ho sentito distintamente, quasi che le pareti della sua gola si fossero contratte senza inghiottire niente, completamente asciutte. Nonostante il freddo, nonostante fossimo appena usciti da un bar, pareva che d'improvviso stessimo entrambi morendo di sete. «Ma tu sei sposata» ho fatto.

«Ale...» ha detto, con un tono basso, quasi stanco, come fosse una cosa che spiegava per la centesima volta: «devi capire che questo ormai non significa più niente... tuo fratello, dopo tante discussioni, lui ha avuto la forza di capirlo: che per quanto sia doloroso, tutto quello che ci sta succedendo rientra fra quelle cose che sapevamo potevano succedere, specie sposandoci così presto».

«Vuoi dire che vi siete sposati prevedendo che finisse così?»

«No, voglio dire che dentro di noi sapevamo, lucidamente, che per quanto ci fossimo voluti bene non potevamo escludere a priori questa possibilità, così come molte altre. E adesso che si è verificata proprio questa... adesso che io mi sono innamorata di Fabio, la cosa più onesta è prendere atto che è andata così, e cercare di farsene una ragione, non trovi? È inutile starci a piangere sopra, c'è da ricominciare tutto: io con Fabio, e Matteo con la nuova persona che presto o tardi incontrerà, è giovane anche lui no?»

Ero ammutolito. Quando hanno il coltello dalla parte del manico, quando possono imporre la propria scelta di abbandonare anziché subire quella di essere abbandonate, le persone hanno questo di orribile e stupefacente: fanno tutto così facile. Sembra che parlino di un qualche bambino che sta imparando a camminare: è caduto povero piccolo, si è sbucciato le ginocchia, ma poco male, adesso si rialza e vedrai come fila spedito. Le ginocchia si riaggiustano no? Che problema c'è? Però guarda caso, a parlare così è sempre qualcuno che ha già imparato a correre.

Ormai eravamo arrivati alla fine del corso; adesso vagavamo a caso, abbiamo preso verso Piazza delle Erbe. In giro non c'era quasi nessuno, con questo freddo la gente si era affrettata a casa per il pranzo della domenica, o forse non era uscita per niente. Se non fosse per lei, ho pensato, a quest'ora sarei solo nella mia stanza, avvolto nei maglioni; e ascolterei con le cuffie i Massive Attack, ascolterei Nick Cave, ascolterei la mia musica più cupa, romantica, disperata. E chissà se starei meglio così, o se mi fa bene essere qui con lei. È difficile dirlo: quando penso a tutto quello che non è, inevitabilmente provo un senso come di perdita, quasi il rimpianto per una serenità cui sono andato vicino, ma che poi ho mancato; eppure mi rendo conto che questo è un sentimento ingannevole, inconsistente come tutti i sentimenti che proviamo per qualcosa di astratto.

«Parlami di Fabio» ho detto. Non ero sicuro di volere che lo facesse, ma mio malgrado ero curioso.

Manuela ha sospirato, uno di quei sospiri contenti di chi si appresta a raccontarti quant'è felice. «Eh, che posso dirti? Fa l'avvocato, ha trentun anni... è alto, ha i capelli neri... e che altro? Solo che con lui è tutto talmente bello e coinvolgente che davvero Ale, non posso non pensare che questa sia la cosa giusta... mi sento a posto capisci?»

«Se capisco?» Di colpo mi sono fermato e l'ho guardata. La pelle attorno ai suoi occhi era tesa e sottile, quasi trasparente. Per un attimo ho pensato che, forse, sotto i vestiti tutto il suo corpo era coperto di quella stessa pelle, una membrana mobile e finissima, che una semplice carezza sarebbe bastata a squarciare. E questo pensiero mi ha messo paura, mi sono chiesto come poteva lei fidarsi di questo Fabio, essere sicura che sapesse come toccarla, come abbracciarla, senza farle alcun male.

«Dimmi» ha fatto lei, «cosa stavi dicendo?» Ha socchiuso gli occhi e le si è increspata quella pelle, una serie di piccolissime rughe che sembravano delle onde, di quelle lievi e tremolanti di un lago.

«Io... io no, non capisco Manu. Ma spero solo che ne sia convinta tu, di quel che stai dicendo. Del fatto che sia la cosa giusta, intendo.»

Manuela ha abbassato lo sguardo. Poi mi ha ripreso il braccio e ci siamo incamminati di nuovo. «Non lo so, sono confusa» ha ammesso; «l'unica cosa di cui sono certa è che voglio stare con Fabio. Non so perché mi sono innamorata di lui, ma non credo che questo importi molto no? Ma so anche questo: che non voglio che Matteo soffra; l'ha già avuta lui, una vita difficile...»

«Già. E come farai per non farlo soffrire?»

«Non lo so Ale, come faccio a risponderti?»

In quel momento ho compreso. Manuela ci poteva anche provare, era venuta su apposta fino a Padova per ragionarci con me. Ma i nostri pensieri sono lame spuntate, armi poco efficaci per penetrare la carne densa dei sentimenti. Quando si confrontano con dei problemi troppo complicati, tipo l'inconciliabilità fra la nostra felicità e quella di un altro, arrivano fino a un certo punto e poi si fermano, trovano come un muro oltre il quale non sanno proseguire. Forse perché siamo pigri, o perché siamo ignoranti, o semplicemente egoisti. Noi possiamo anche insistere, continuare a parlarne fino a stordirci, ma non troveremo altro che soluzioni parziali e insoddisfacenti. Quella che Manuela stava chiamando cosa *giusta* era in realtà nient'altro che una cosa *preferita*: perché alla fine ciò che si preferisce fare, invariabilmente, forse giustamente, è rinunciare alla propria ricerca e fregarsene della felicità dell'altro, per godersi la propria.

Tutto qua, ho pensato; oltre a questo non c'è null'altro, nulla oltre al fatto che Manuela se ne andrà e Matteo resterà lì, con la sua solitudine, con la sua umiliazione. «Eh no Manu, non puoi farci niente» ho detto; «a te il paradiso e a Matteo l'inferno, ma è così che va, è la legge del più forte no?»

Ma lei: «Cosa c'entra la legge del più forte? Non hai capito niente tu».

«E tu cos'hai capito?» ho risposto.

Manuela è stata zitta, ma si è staccata dal mio braccio e ha continuato a camminarmi accanto con le braccia conserte, guardando per terra. Siamo rimasti parecchio in silenzio.

Poi, quando siamo sbucati in Piazza delle Erbe, col tono di chi fa tanto per dire ha detto: «Sembra di essere a Natale».

«Eh?» ho fatto.

«Natale. Non sembra di essere a Natale?»

Era vero: la piazza, grigia con quel cielo così scuro e animata soltanto dalle luci dei bar sotto i portici, faceva pensare al profondo dell'inverno, al Natale appunto, quando si va in giro a comprare i regali e si ha nell'animo quello struggimento particolare dei giorni di festa, una contentezza che lascia subito stanchi. Perché il quadro fosse perfetto, mancavano soltanto le bancarelle illuminate del mercatino natalizio. Poi di colpo, quasi avesse sentito le parole di Manuela, un uomo ci è venuto incontro. Lo conoscevo: era un barbone che gira sempre per il centro, uno che certe volte si mette a vendere ai passanti cose tipo le carte telefoniche usate o i messaggi dei baci Perugina: c'è sempre qualche collezionista che glieli compra. Questa volta invece offriva tutt'altra merce, raccattata chissà dove: si era messo addosso una serie di fili argentati, di quelli che di solito si mettono sui rami dell'albero di Natale; ne aveva fra le mani e attorno al collo e perfino annodati in testa, di colore rosso e dorato, e così agghindato sembrava avvolto in una stola luccicante. «Auguri signori, buon Natale» ha iniziato a dirci. «Buon Natale, buon Natale, comprate l'addobbo, mille lire signori.»

«Ma no, non è Natale! Siamo a settembre» ho provato a dirgli.

Ma quello: «Auguri signori, mille lire signori».

Ho riprovato: «Guarda che non è Natale, lo capisci o no?».

Macché: «Mille lire signori, mille lire, buon Natale signori», continuando a sventolarci davanti quei fili argentati.

Ci siamo allontanati. Con quel modo immediato che ho a volte di stabilire le similitudini più strane, mi veniva da pensare a quei fiori che sbocciano fuori stagione, ingannati dalla falsa primavera del primo sole di febbraio, senza che ci sia ancora nessuna ape per impollinarli.

«Cominciano presto le vendite natalizie quest'anno!» ha scherzato Manuela. «È proprio suonato poverino.»

«Già» ho detto.

Intanto dietro di noi, lo si è sentito ripetere a qualcun altro: «Buon Natale, auguri di buon Natale!». E un'altra voce che gli rispondeva: «Grazie, buon Natale anche a te».

Mi sono girato, convinto di vedere qualche stronzo che si divertiva a prendere in giro il barbone. Invece c'era un signore dall'aria distinta, col cappotto blu, che sceglieva sorridendo un filo argentato. Chissà se è suonato anche lui, mi sono chiesto, o se si presta soltanto al gioco del barbone. Ma chi se ne frega poi, ho pensato riprendendo a camminare con Manuela: evidentemente, per ogni fiore fuori stagione c'è un'ape fuori stagione. Credessero pure quel che gli pareva, andassero pure in giro a convincere il mondo intero che il Natale è arrivato. Tanto, oramai lo sapevo: quando niente ha un senso, neanche le date hanno un senso; e se uno dice che oggi è Natale, oggi sarà Natale.

Abbiamo girato un altro po', poi siamo andati a mangiare in una pizzeria. Usciti da lì, abbiamo camminato fin dalle parti della Specola. «Che bel posto» ha detto Manuela guardandosi intorno; «cos'è quello?»

«È l'osservatorio astronomico.»

«Ah.»

Ci siamo seduti sul muricciolo al lato di un piccolo fiume; poco più in là, il fiume si allargava in una specie di laghetto. Adesso che avevamo mangiato mi sentivo un po' meglio, anche nell'umore: si è sempre più ottimisti quando si ha la pancia piena. Ma dentro di me, appena un po' attutita dalla sensazione fisica della sazietà, c'era ancora quell'altra sensazione, intensa e dolorosa da sembrare anch'essa quasi fisica; era quella specie di strappo di quando Manuela aveva detto, con quel tono desolato: *come faccio a risponderti*? Quella frase, me ne rendevo conto adesso, mi aveva colpito con la violenza di un pugno allo stomaco, uno di quei pugni che ti lasciano boccheggiante e ti fanno pensare che, anche dopo che sarà passato il dolore, dentro di te niente sarà come prima. «Eh sì» ha ripreso Manuela, «credo sia la parte di Padova che mi piace di più finora.»

Ho annuito. Anche a me è sempre piaciuta questa zona: forse per le case vecchie che si specchiano sull'acqua, o perché c'è molto verde, oppure perché non c'è traffico quasi per niente. Forse per la torre dell'osservatorio, per il modo che ha di stagliarsi contro il cielo, così alta e solitaria. Forse semplicemente per la pace che sale, come un'aria pulita, dal piccolo corso d'acqua.

Manuela guardava il fiume. Allora, non so perché mi è venuto da dirle: «Chiudi gli occhi», e subito dopo li ho chiusi anch'io.

Siamo stati lì. Ho ascoltato: mi sembrava, nel silenzio e nel buio degli occhi chiusi, che l'aria intorno a me fosse piena di fruscii; non solo quelli del vento e dell'acqua che scorreva, ma anche altri di più lievi, simili agli echi sottilissimi dei pipistrelli in volo: la presenza di Manuela accanto a me, la sagoma degli alberi intorno, perfino il pensiero di Matteo lontano. Tutto questo aveva un suono; e ognuno di quei suoni, sentivo che mi penetrava lentamente, come una radiazione, in un modo che era insieme lancinante e dolcissimo. "Potrei morire" ho sussurrato; e davvero mi sentivo sul punto di dissolvermi, di evaporare, di diventare io stesso nient'altro che un fruscio. Era come se lo strappo che avevo sentito prima mi avesse scomposto in tante piccole molecole, che non avevano più motivo di restare unite. Ma a tenermi ancorato lì al muretto, di nuovo, c'era la sensazione di pienezza per il cibo che avevo nella pancia. Ecco, ho pensato: una pizza serve anche a questo, a non volare via come un fantasma.

«No per carità, non morirmi qua!» ha riso Manuela.

Ho aperto gli occhi e l'ho vista lì che mi guardava sghignazzando. «Non hai tenuto gli occhi chiusi!» ho protestato.

«Era più divertente stare a guardare la tua faccia» ha detto. Ho sbuffato, un po' scocciato e un po' divertito. Poi, quasi indovinando quel che avevo provato, Manuela ha scherzato: «Non sarà quella pizza gigante che hai mangiato a farti straparlare?».

Allora io: «Be', mica sono tutti dei fringuelli come te! Non hai mangiato quasi niente».

«Eh, sono un po' a dieta.»

«Perché? Mica ne hai bisogno.»

«Sai, ci tengo per Fabio...»

«Ah.» È giusto, ho pensato: quando ci si è appena innamorati è naturale desiderare di essere in forma, per piacere il più possibile all'altro; è naturale sentire lo stimolo a migliorare il proprio aspetto, per dedicare alla persona amata quel miglioramento, come fosse un pegno d'amore.

«Ho ripreso anche ad andare in palestra» ha aggiunto. «Tu piuttosto, non ti vedo molto in forma sai? Dovresti muoverti un po', non so, magari andare a correre qualche volta.»

«No, non metterti anche tu!» ho fatto.

«Cioè?»

«C'era un amico che me lo ripeteva sempre.»

«Eh, aveva ragione. Guarda qua che pancia!», e inaspettatamente me l'ha toccata.

Manuela lo sa: non solo non sopporto il solletico, ma mi basta pensare che qualcuno me lo voglia fare per scoppiare a ridere. Così, non appena lei ha allungato la mano verso la mia pancia, sono partito a ridere come uno scemo: «No no ti prego, il solletico no!».

Lei, che forse inizialmente non ci pensava, si è messa a farmelo sul serio, anche lei ridendo, punzecchiandomi sui fianchi; io ho cercato di divincolarmi ma lei non mollava, allora sono saltato giù dal muretto, un po' per sfuggire al suo solletico, un po' perché mi stava venendo un'erezione a sentirmi le sue mani addosso. Ma continuavo a ridere, non riuscivo a fermarmi, al punto che dopo un po' mi dolevano l'addome e le mascelle: era da un sacco che non ridevo tanto.

In quel momento è comparso il sole. Così, all'improvviso, tutto si è illuminato. L'acqua del fiume da verde scura è diventata quasi trasparente, e a guardarla sembrava già meno gelida di quel che doveva essere. I capelli biondi di Manuela sono diventati chiarissimi, come tanti fili di oro bianco. Tutto è sembrato di colpo intiepidirsi un po', c'era come la sensazione di svegliarsi da un brutto sogno. Un tale senso di sollievo...

Ma poi me ne sono accorto: che io non c'entravo niente. Era successo che saltando giù dal muretto, ero andato a mettermi proprio sulla traiettoria dell'ombra di un albero. Se fossi rimasto sul muretto anch'io adesso sarei stato lì al sole, insieme a Manuela che stava ancora ridendo, più bella e contenta che mai. Sembrava quasi che avessi fatto apposta a mettermi lì. Ma non mi è venuto da rimediare, spostandomi di nuovo; no: con quel modo brusco che hanno a volte le cose di farci capire la verità, capivo che era esattamente così: che quel sole era interamente per lei, riguardava solo lei.

Quel sole, la nostra risata, la sua mano sui miei fianchi: tutto questo sentivo adesso che era in fondo la stessa cosa, il segno di un'allegria che poteva essere solo sua; tutto questo, per me, assumeva adesso un sapore già di addio, qualcosa che serviva a ovattare il mio dolore, ma che in sé non aveva senso: qualcosa come la carta stagnola che avvolge i gambi delle rose, per coprirne le spine.

Il sole è scomparso quasi subito, inghiottito dalle nuvole, come un cucù che rientra nella casetta. Allora, come mi aspettavo, Manuela ha detto: «Forse per me è ora di andare».

«Già» ho fatto. Ci siamo avviati.

Mentre la riaccompagnavo alla stazione, prevedevo tutto quello che sarebbe presto successo: l'arrivo in stazione, lei che mi abbracciava e che saliva sul treno, i nostri "ciao" che si incrociavano mentre si chiudevano le porte. Pensavo a tutto questo e non provavo altro che un po' di rammarico, e quasi anche un certo sollievo, perché ormai era chiaro che non c'era più nulla da dire, e quando finiscono le cose da dire, si sa, non rimane altro che andarsene. Ma quello con cui vedevo la scena imminente della nostra separazione era lo sguardo neutro del prima, quando sembra che ogni cosa che verrà debba provocare nient'altro che un'emozione blanda e innocua; in fondo, pensavo, per oggi di sentimenti ne ho già provati abbastanza, non ne possono venire altri.

Invece, quando siamo giunti alla stazione e abbiamo visto che il suo treno aspettava già sul binario, ho sentito una fitta sui fianchi a cui non ero preparato, proprio dove lei mi aveva fatto il solletico; come se il mio corpo si rendesse conto prima di me di quanto definitiva fosse questa partenza. E solo allora ho capito che quel treno l'avrebbe portata in un posto che era sì Ancona, ma che in qualche modo era enormemente, irrimediabilmente lontano da Matteo, e ancora più da me.

«Chissà» ha detto Manuela.

«Cosa?» ho chiesto, già col groppo in gola.

«Chissà se è servito a qualcosa che io sia venuta.»

Sono stato zitto. In quel momento ho visto Betta, quella che abita nel grattacielo verde-azzurro: era poco distante da noi e anche lei salutava una ragazza che stava salendo sul treno; scherzavano e ridevano e sembravano felici. Poi la ragazza è salita e Betta se n'è andata, senza vedermi, probabilmente verso la sua casa, lassù altissima al quindicesimo piano. Allora ho sentito quel senso di invidia e piccolezza di quando vediamo qualcuno la cui vita pare molto più facile della nostra, e anche un desiderio acuto di seguirla, come il cane randagio che sogna di farsi adottare da una persona che vede. Betta è scomparsa fra la gente.

All'altoparlante hanno annunciato la partenza del treno. Manuela mi ha abbracciato e questa volta è stata lei a darmi un bacio sulla fronte; io sono rimasto rigido fra le sue braccia, troppo timoroso di scoppiare a piangere per ricambiare la sua stretta. Soltanto, ho annusato il suo profumo a fondo, pensando che era questo il ricordo principale che volevo conservare.

Poi Manuela è salita sul treno; ma subito si è girata e mi ha detto: «E la Basilica di Sant'Antonio? E la Cappella degli Scrovegni? Ci siamo dimenticati di andarci!».

Si è chiusa la porta. Allora attraverso il vetro l'ho guardata e ho sollevato verso l'alto i palmi delle mani, come per dire: pazienza. Certe cose, avrei voluto dirle, non si ha mai il tempo di farle. Resteranno intenzioni, vaghi progetti.

Il treno si è mosso. Nei pochi istanti in cui abbiamo continuato a vederci, io fermo e lei nel lento movimento del treno che partiva, Manuela ha fatto un sorriso; poi è scomparsa, trainata in là sul suo vagone, come un sipario che scorre di lato.

Mi sono stretto nel giubbotto e mi sono detto: bene, ora andiamo a casa. Ma non riuscivo a sopportare l'idea di riprendere la bici e mettermi a pedalare, non dopo tutti i giri che avevo già fatto in questa giornata. Ero così stanco, ma di una stanchezza che non era solo quella dei piedi e delle gambe, ma qualcosa di più interno e più profondo, per la quale, lo sapevo, non sarebbe bastato tutto il riposo del mondo.

Appena arrivato a casa ho bevuto una Coca e mi sono fatto una canna. Ho fumato lentamente, ogni volta contando fino a cinque prima di rilasciare il fumo dai polmoni. Mi sforzavo di non pensare a niente, soprattutto non a Manuela: lei se n'era andata, e chissà se l'avrei mai rivista. Si sa come vanno queste cose: sembra impossibile che una persona che ha fatto parte della tua famiglia, o comunque una con cui hai condiviso una grande intimità, possa diventare un'estranea; eppure accade. Accade ogni giorno, su tutta la Terra: moglie, marito, amico, cosa significano queste parole, se non riescono a essere eterne? È qualcosa come il modo brusco e inesorabile che ha il vento di trascinare le cartacce sulla strada, spingendole ognuna da una parte diversa; a chi verrebbe in mente che quelle possano essere state le pagine di un libro, di uno stesso libro? A chi verrebbe in mente di rimetterle insieme, per vedere cosa c'era scritto?

Poi mi sono alzato per andare in camera mia, con l'intenzione di stendermi sul letto; ma il mio sguardo si è fermato sul telefono. Era lì, lucido e nero come una calamita. Di solito non lo faccio mai da casa, ma non sono riuscito a trattenermi: ho sollevato la cornetta e ho composto il primo numero che mi è venuto in mente. Ha squillato un po', poi: «Pronto?» ha risposto la voce di Vanessa. Si sentiva che aveva quel tono un po' scocciato di chi è stato interrotto mentre faceva qualcosa.

«Ciao puttana» ho fatto, contraffacendo la voce.

Un attimo di silenzio, poi: «Ma chi è?» ha detto, con un tono già diverso: quel tono di quando il cuore inizia ad accelerare il battito, lievemente all'inizio, poi sempre più forte.

«Succhiami il cazzo, troia di merda.»

Di nuovo: «Ma chi è?», con un tono ancora diverso, che poteva essere già di paura. Potevo quasi sentirle il cuore: tum-tum-tum-tum. In pochi violenti sussulti, il cazzo mi è diventato duro.

«Adesso vengo lì e ti spacco la figa, hai capito? Adesso vengo lì e ti spacco la figa!»

«Ma chi è?», quasi un grido questa volta. Mi sono aperto i pantaloni e mi sono preso il cazzo, stringendolo fortissimo. «Ti spacco la figa brutta vacca, mi hai sentito, io ti spacco la f...»

Ha riattaccato.

Ansimavo. Sentivo come qualcosa di grande e perfettamente vuoto dentro il petto, una specie di fischio che si levava da tutte le cellule del corpo e si concentrava lì, quasi una corrente interna, un fluido elettrico, simile all'emozione di una grande vittoria. Poi ho mosso la mano intorno al cazzo, e tutte le mie sensazioni si sono spostate dal centro del petto alla punta del cazzo. Mi sono fatto una sega.

Poi, mi sono steso sul letto. Ho messo un cd di Morrissey, ho ascoltato quella canzone: *Why don't you find out for yourself?* Ho messo il volume al massimo, come per coprire qualunque altro rumore del mondo; quasi subito mi sono stancato. Che strano: quando la ascolto a un volume troppo alto, anche la mia musica preferita cessa di essere bella, non distinguo più le note, diventa un rimbombo indefinito; è come guardare la tivù a dieci centimetri di distanza.

Ho spento tutto, ho provato a concentrarmi. Come ogni volta che mi sento un po' sporco, ho cercato di evocare l'idea di qualcosa che fosse chiaro e pulito. (Neve?) No, non la neve, sentivo che il pensiero della neve non andava bene. Sono stato lì assorto. Sentivo il bisogno di pensare a qualcosa di puro e compatto, un bisogno simile alla voglia di yogurt quando si esce da uno sballo. (Neve, grandi mucchi di candida neve.) No, non la neve per Dio! Perché mi veniva da pensare solo alla neve?

Poi, mi ha preso una specie di déjà vu. Come una spina staccata dalla presa, si è interrotto il collegamento tra me e il flusso normale delle cose; mi sentivo entrato in un'atmosfera rarefatta, mi girava quasi un po' la testa; i pensieri e le mie stesse azioni, pareva che non mi obbedissero più, seguivano un corso tutto loro, indipendente da me. Sapevo, come so in ogni déjà vu, che presto avrei capito, riconosciuto ciò che mi stava accadendo come qualcosa di già noto, che per questo accadeva in un modo automatico.

Così, quando mi sono alzato e sono andato alla finestra non sapevo bene perché lo facessi, mi pareva di star recitando una scena imparata chissà quando. Ho pensato: una persona ipnotizzata deve sentirsi così, come me adesso. Ma poi ho visto fuori dalla finestra e tutto è stato chiaro, ogni cosa percepita di nuovo normalmente: me stesso, la crudezza del freddo nella stanza, la superficie liscia e trasparente della finestra. E fuori, nel mezzo buio della sera che si avvicinava, il bianco accecante della neve che cadeva. Sì, mi sono detto: l'ho davvero sempre saputo, fin dall'inizio.

Così ecco la neve, la neve a settembre. Ho aperto la finestra e mi sono sporto in fuori. Alcuni fiocchi mi sono venuti sulla faccia, duri e pungenti come schegge di vetro. In strada, molta gente era fuori dalle case e guardava in aria, i guidatori avevano accostato ed erano usciti dalle macchine, tutti si riparavano gli occhi con una mano e osservavano l'evento. I bambini lanciavano urli entusiasti. Ma è durato poco: dopo qualche minuto ognuno è tornato in casa, le macchine sono ripartite, una mamma chiamava il figlio: «Lorenzo, vieni che fa freddo».

Adesso pensavo a Manuela. La pensavo sul treno che la riportava ad Ancona, certo in un punto già troppo lontano perché anche lì nevicasse. La immaginavo che leggeva un libro, o che chiacchierava con qualcuno seduto accanto a lei, del tutto ignara di me, della neve, di quello che stavo provando. Immaginavo anche Vanessa, la vedevo a casa sua, forse ancora un po' turbata per la telefonata, la immaginavo che guardava fuori e trasaliva a vedere la neve, ma poi anche lei smetteva di curarsene. Tutti smettevano presto di curarsene, tutti avevano altro a cui pensare, cose da fare o posti dove andare: dopotutto era domenica sera, si andava al cinema o in pizzeria. Tutti tranne me. No, anzi: a ben pensarci, anch'io sapevo dove andare.

Mi sono preparato in un attimo: ho messo le scarpe e la tuta da ginnastica, e sopra ho infilato una giacca a vento pesante. Sono uscito. Ormai si era fatto buio, e nei fasci di luce sotto i lampioni si vedeva la neve mulinare, girare e intrecciare le rotte dei vari fiocchi, poi a tratti pareva che restasse immobile, sospesa, per precipitare al colpo di vento successivo. Stava attecchendo bene, sul marciapiede c'era già uno strato di un centimetro almeno, mentre sulla strada si era formata un bel po' di poltiglia; il traffico si era fatto lento e goffo, ogni auto timorosa di scivolare sull'asfalto.

Camminavo con le mani in tasca, un poco curvo contro il vento. La neve si attaccava ai miei capelli, anche se continuavo a scuotere la testa: era tipo una mosca fastidiosa, di quelle che ritornano ogni volta che le scacci. Sentivo che la mia mente aveva assunto quella forma particolare e rigida di quando non si riesce più a pensare a niente, solo ad andare avanti, a realizzare quella cosa che ci si è prefissa. Ma andava bene così: certe volte la logica e la ragione non sono niente; certe volte quel che dobbiamo fare ci viene da una parte di noi che non conosciamo, insondabile e nascosta. Il parco dell'Arcella era buio e deserto. Ma la neve sembrava che emanasse un po' di chiarore, come tanti granelli di sabbia fosforescente. Il silenzio era totale, uno di quei silenzi che nelle orecchie sembrano quasi un fischio; guardare la neve che cadeva senza far rumore mi metteva un disagio strano, era come guardare un film senza audio.

Ho iniziato a correre. All'inizio è stato tremendo: la neve mi andava negli occhi provocandomi un bruciore intenso, mi sentivo due ferite al posto degli occhi. Il fiato mi è mancato quasi subito, sentivo l'aria sfuggirmi come se una pompa me la aspirasse via; a poco serviva che io spalancassi la bocca per catturarne il più possibile, ottenevo solo di ingoiare folate di neve, che avevano un gusto come di ghiaccio vecchissimo. Ma il ghiaccio non lo avevo solo in gola, il vento gelido mi trapassava tutto il corpo e in pochi minuti di corsa mi pareva che avesse formato sedimenti di ghiaccio ovunque, sulle mani, sulla faccia, nelle orecchie e anche dentro lo stomaco e dentro la testa, sulle pareti del cranio; dappertutto mi sentivo trasformare in ghiaccio, con un dolore simile a tante punture profondissime. Le braccia erano pesanti, rigide, due pezzi di piombo attaccati al busto; anche le gambe erano pesanti, mi riusciva sempre più difficile sollevarle da terra, continuare a correre un passo dopo l'altro; mi pareva di andare avanti per la forza d'inerzia, incespicando, come gli ultimi passi prima di cadere. E il cuore! Il cuore era uno stantuffo impazzito, martellava contro il petto quasi che volesse sfondarlo e scappare fuori. Con la mente registravo questo sfacelo del mio corpo, rilevavo ogni malessere e ogni fitta di dolore, ma neanche una volta ho pensato di fermarmi, mi sentivo anzi indifferente, non mi importava di cosa mi sarebbe successo, continuavo a correre e basta; finché, con quella lucidità di quando si è allo stremo, semplicemente ho pensato: adesso muoio.

Invece no. D'un tratto mi sono accorto che non sentivo più freddo: i miei passi avevano preso un ritmo regolare a cui il respiro si era adattato, e tutto in me procedeva con questo nuovo ritmo, il battere del cuore, lo scorrere del sangue; allora un calore uniforme si è diffuso un poco alla volta, partendo dal petto e arrivando fino ai piedi e alla testa, come una vecchia caldaia che con lentezza riscalda ogni angolo della casa. In questo modo il freddo intorno era annullato, non sentivo più neanche la neve negli occhi, ero come anestetizzato; mi sentivo come dopo fumata una canna.

Soltanto, il mio respiro adesso aveva un rumore strano, era diventato una specie di ansimo velocissimo e pesante, che saliva fin dalla pancia e mi usciva dalla bocca simile a un rantolo, come l'ansimare di un cane sfiancato. Mi usciva fuori e si propagava fra la neve, rimbalzava sugli alberi e sui muri del piccolo cimitero a ridosso del parco, e mi tornava indietro amplificato, quasi che il parco ci avesse aggiunto qualcosa di suo, l'avesse trasformato nella sua voce. E più ascoltavo quell'ansimo, più mi pareva di sentirlo estraneo, non mio, proveniente da qualche punto davanti a me, o forse da nessun punto: chissà, ho pensato, magari è questo il vero suono con cui cade la neve, un suono aspro e cupo come un lamento, il grido di rabbia e di sofferenza della terra che viene coperta. E d'un tratto sì, nel ritmo di quell'ansimo mi è sembrato di distinguere delle parole, come quando di notte il fischio del vento sulle imposte si trasforma in una voce sinistra; ma questa voce non aveva nulla di sinistro, era molto gutturale però quasi gentile, come quella di un vecchio che non ha nulla da perdere; mi sussurrava nelle orecchie qualcosa che non capivo, qualcosa dal tono di un importante segreto, di una rivelazione che non avevo chiesto, ma che ora mi sentivo costretto a comprendere. Solo che non ci riuscivo: per quanto mi sforzassi, non riuscivo a cogliere nessuna di quelle parole, erano come un brusio troppo indistinto.

Se solo ci fosse stato qualcuno ad aiutarmi! Se solo qualcuno fosse venuto a dividere la fatica di quella mia corsa, a tentare di decifrare quel messaggio con me. Ma sapevo che era impossibile, nessuno poteva venire, nessuno poteva sentire, erano tutti troppo lontani, chiusi nei cinema e nelle pizzerie, arroccati negli ultimi piani dei palazzi, dietro le porte di case non mie, a bordo di treni verso altre città; tutti troppo lontani, non c'era alcuna speranza, quella voce chissà: presto si sarebbe stancata e avrebbe taciuto. E io, senza sosta, l'unica cosa che potevo fare era questa: correre sul sentiero ormai quasi scomparso, correre contro il vento e contro il freddo, correre per sempre contro la neve.

2
L'uomo che verrà

“

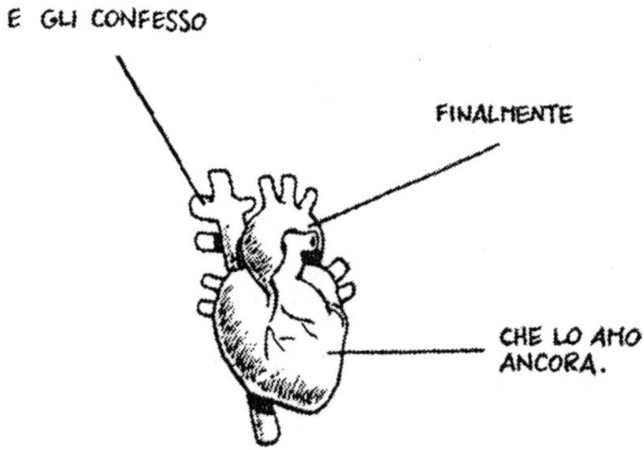

”

Fabrice Neaud, *diario (1)*

In treno, poche ore dopo

(1)
Ho sete. Sempre mi viene sete viaggiando in treno. Ho gli angoli della bocca secchi e la gola che gratta, come se avessi mangiato sabbia. È stata la sete a svegliarmi, o forse uno scossone del treno. Mi alzo a sedere. Fuori dal finestrino è buio e nello scompartimento c'è appena un po' di luce, verdognola, dalla lampada accesa al minimo. In questa luce scarsa svito il tappo della bottiglia d'acqua che ho tenuto accanto a me, fra il cuscino e la parete, come un orsacchiotto o un amuleto per la buona notte. Bevo. È bello sentire l'acqua che scende e la sabbia in gola che si scioglie, scompare. Poi mi guardo il polso cercando di leggere l'ora: le tre e mezzo, sembra. Mi distendo, chiudo gli occhi. Ascolto il rumore dell'acqua nella bottiglia di plastica, accanto al mio orecchio. Il rumore d'acqua è un buon modo per trovare o ritrovare il sonno. Sto quasi dormendo quando mi accorgo che il treno rallenta. Torno su a sedere. Il treno si ferma ma fuori è ancora buio, non c'è alcuna stazione. Un semaforo ferroviario, penso. Nel silenzio che è venuto sento i respiri dei miei compagni di viaggio, respiri pesanti, come quelli di bambini col raffreddore. Guardo il ragazzo sulla cuccetta parallela. Dorme rannicchiato, le gambe piegate lateralmente, la testa

sul cuscino con la faccia verso di me. Nella luce livida sembra fatto di macchie bianche: faccia bianca, braccia bianche, maglietta bianca, lenzuolo bianco attorcigliato intorno alle gambe, come un ramo d'edera. Ha un'aria così infantile che io, per il solo fatto di essere sveglio, mi sento molto vecchio. In realtà questo ragazzo, e gli altri quattro che dormono in basso, avranno tutti più o meno la mia età, fra i venti e i venticinque. Li ho guardati ieri sera, prima di dormire, con l'impressione di osservare tanti miei gemelli: come me hanno i capelli corti, orecchini ai lobi, tatuaggi che spuntano dalle maniche corte delle magliette, scarpe da ginnastica che per dormire hanno tolto, lasciando un lieve odore di piedi. Ho seguito i loro discorsi, ho sentito che due hanno l'accento romano, vanno ad Amsterdam in vacanza. Uno di loro, il biondino che dorme di fronte a me, proverà a cercare un lavoro per fermarsi qualche mese. Gli altri tre non saprei dire che accento hanno. Lavorano ad Amsterdam in ristoranti italiani. Uno dei tre ha detto che questa è la sua ultima partenza, la prossima volta che tornerà in Italia ci resterà, per via della fidanzata. Un altro ha detto no, io in Olanda ci sto bene, e l'anno prossimo mi fanno capocameriere.

Io ho ascoltato, ho scambiato poche frasi, temendo che anche a me fosse chiesto di raccontare, di spiegare il mio progetto. Ho avuto un amore, è l'unica cosa che avrei potuto dire, lasciando intendere che al momento la mia vita è rivolta al passato, è composta in gran parte di ricordo come quella di un vecchio.

(2)

Il treno riparte. Mi sdraio, l'orecchio attaccato alla bottiglia d'acqua. Penso a certi pomeriggi estivi, al Lido di Venezia, la sabbia calda, l'asciugamano morbido, il rumore ipnotizzante delle onde. Addormentarmi in riva al mare. Di nuovo sto per dormire, sento l'attenzione piano piano spegnersi, il corpo come dissolto, privo di peso. No. Qualcosa mi richiama indietro, apro gli occhi confuso. È un suono, viene da sotto. Il ragazzo nella cuccetta di mezzo sta russando. Poco a dire il vero, si sente appena, ma è abbastanza da lasciarmi sveglio, irritato, come qualcuno che si è distratto un attimo e ha perso la strada. Mi rigiro, mi tiro addosso il lenzuolo di carta, poi lo caccio via. Non serve più a niente la bottiglia d'acqua. Mi sembra che il russare del ragazzo cresca di tono, posso sentire anche i respiri degli altri ragazzi, sempre più pesanti. Questi respiri, questo russare, mi fanno pensare a un sonno libero, indisturbato. Io invece schiacciato, non posso contrastare i suoni, non posso non accorgermi degli scossoni, del rollio, del senso di compressione di ogni volta che il treno affronta una curva. Sono come un registratore dimenticato acceso, condannato a sentire tutto. Anche questo prurito che viene alle gambe, insopportabile, soprattutto dai ginocchi in giù. Orticaria nervosa, l'ha chiamata il dottore qualche settimana fa, chiedendomi con voce neutra: hai dei motivi di stress?

(3)

Sfrego le gambe, una contro l'altra. Dopo ogni sfregamento il prurito pare scomparso, sospeso, ma ritorna più forte entro pochi istanti. È come se i peli delle gambe si muovessero di vita propria, a onde, al modo dell'erba quando c'è il vento. Una notte li ho tagliati, col rasoio e la schiuma da barba. Ma il prurito è continuato più forte, perché ora sembrava di sentire i peli ricrescere, sbucare dalla pelle. Questo prurito c'è stato fin da bambino. Davanti a una scena commovente in tivù, ascoltando una canzone romantica, o guardando dalla finestra aperta un temporale estivo, la prima reazione era un vuoto interno, come una bambola gonfia solo d'aria. Poi di colpo veniva il prurito e dovevo chinarmi, grattarmi furiosamente. Per tutta l'infanzia è stato questo il mio modo di provare emozione. Da adolescente no, in quell'età ogni cosa è successa fra la testa, il petto, il cazzo... Le gambe esistevano solo per pedalare, per abbronzarle al sole, per ballare in discoteca. È stato ultimamente, quando la mia storia d'amore ingenua, meravigliosa, ha iniziato a trasformarsi in una lunga agonia, è stato allora che le gambe hanno ripreso a farsi sentire. Come se quell'agonia non potesse essere compresa fra testa, petto, cazzo, ma richiedesse tutto intero il mio corpo.

(4)

Il prurito alle gambe è diventato sempre più frequente. Mi ostacola il sonno, mi toglie a giorni il desiderio di fare ogni cosa, perché il solo desiderio è grattarmi, grattarmi, continuamente grattarmi. Ma ora basta. Deve passare, non voglio saperne in Olanda. Io voglio il distacco. Io che sono stato abbandonato, voglio a mia volta abbandonare una parte di me. Non più prurito, né occhi stanchi, né attese stupide che il telefono suoni. Di sensazioni come queste ho vissuto molte settimane, arrivando a credere che non esistesse altro. Erano il cibo velenoso cui non riuscivo a rinunciare. Ora viaggio verso nord. Ieri sera, quando il treno ha attraversato la stazione di Chiasso e ho capito che entravamo in Svizzera, ho deciso che era quello il momento. Un confine fisico, nazionale, è stato un confine nella mia vita. Da qui, mi sono detto sottovoce, inizia la nuova vita. Io so cosa vuol dire nuova vita. Vuol dire smettere di aver bisogno di una persona, che non ha più bisogno di me.

(5)

Ho caldo, ho bisogno di aria. Infilo le scarpe, scendo la scaletta con cautela. Muovendomi piano, in punta di piedi, sembra di togliere peso alle gambe. Essere un fantasma che scivola fuori. In corridoio c'è più luce, e aria dai finestrini. Mi accosto a un finestrino abbassato, guardo scorrere le sagome nere degli alberi, lumini lontani che saranno case, lampioni. Respiro. L'aria scivola sul viso e sul naso ma è difficile prenderla, come bere dal getto di un rubinetto, con l'acqua che corre troppo e non si lascia succhiare. Sento il mio corpo del tutto risvegliato, è sufficiente una piccola quantità di quest'aria fredda per snebbiare la testa, acuire le sensazioni. Vedo un ragazzo e una ragazza in fondo al corridoio. Sono seduti a terra e giocano a carte. Voglio andare in bagno e ce n'è uno vicino a me, ma preferisco quello dall'altra parte del vagone, vicino ai due ragazzi. Quando scavalco le loro gambe dicendo scusate, permesso, mi sento grato per lo sguardo che la ragazza solleva su di me, uno sguardo che sembra gentile, amichevole, che forse dice ti vedo, ti riconosco, ti capisco se non riesci a dormire, neanche noi possiamo. In bagno mi lavo le mani, mi sciacquo la faccia. Tolgo dalla tasca la boccetta delle lacrime artificiali e metto due gocce per occhio, perché le lenti a contatto iniziano a dare fastidio. Fiato contro lo specchio per sentirmi l'alito. Mi guardo alcuni secondi, mi dico sono un po' pallido, ho belle labbra, devo farmi la barba. Esco.

(6)

Ripercorrendo a ritroso il corridoio non supero i ragazzi seduti, mi fermo a un passo da loro. Mi fingo interessato a qualcosa fuori dal finestrino. Poi di nuovo incrocio lo sguardo della ragazza e allora siedo, accanto a loro. Mi chiamo

Ettore, dico. Io sono Marta, dice la ragazza, e lui Jean-Luc. Guardo Jean-Luc che ha gli occhi piccoli azzurri. Anche le orecchie sono piccole, leggermente a sventola, con infilati degli auricolari. Scuote la testa a tempo di musica mentre mi sorride e mi saluta, con un gesto della mano. Ora vedo che non stavano giocando. Marta ha una fila di carte davanti a sé, disposte per terra, ma non carte da gioco, carte più grandi con figure molto colorate. Fai i tarocchi?, chiedo, lei dice sì, ma non sono pratica. Ho iniziato da un paio di mesi. Dimostra sui diciotto anni e resto colpito dalle sue ciglia lunghe, che tremano a ogni movimento degli occhi. Penso alla sensazione dolce di avere un viso premuto al proprio, sentire le ciglia dell'altra persona strusciare sulle labbra o sulle orecchie, come un pennello morbidissimo. Perché mi guardi così?, ride Marta. Ti guardo le ciglia. Le ho prese da mia madre... provo a farti le carte?, sì. Raccoglie le carte, mescola. Posa il mazzo, dice taglia il mazzo con la mano sinistra. Ne sollevo una metà e resto stupito dal peso, dal senso di liscio, dai bordi taglienti. Come se non fossero carte ma fogli di metallo, lame rettangolari. Poso la metà del mazzo accanto all'altra metà. È questo contatto con le carte a lasciarmi intimorito, come in procinto di un esame. Marta inizia a disporre le carte e lo fa con movimenti veloci, sicuri. Non sembri inesperta, dico. Lei si tira una ciocca di capelli dietro l'orecchio, dà un'occhiata alle carte, poi solleva lo sguardo su di me e in quel momento mi sento nudo, come un bambino davanti agli occhi della maestra. Tu, comincia riabbassando lo sguardo sulle carte, non hai un centro dentro di te. Sei come dire... sbilanciato verso l'esterno. Stai bene solo se gli altri si comportano in un modo che puoi comprendere. Sei uno di quelli che non sopportano di sentirsi esclusi, vorresti la sfera magica per sapere in ogni momento dove sono, cosa fanno le persone che ami. Ho ragione?

(7)
Sì, dico io, mi riconosco abbastanza. Ma vedi niente riguardo una persona? Intendi dire una persona particolare?, sì, una persona nella mia vita. Marta resta assorta, poi dice sì, vedo un uomo così importante. Bastano queste parole a farmi sentire una fitta sul petto, all'altezza dello sterno, come se lì avessi un'incrinatura e qualcuno ci infilasse le dita, cercando di aprirmi in due. Ho l'immagine di Nino, serio, con gli occhi chiusi come quella sera che disse, disteso sul letto: non c'è più storia fra me e te. È un uomo giovane, dice Marta, anche più giovane di te, e biondo. Io pensando ancora a Nino, ai suoi capelli neri, agli occhi nocciola nascosti dietro le palpebre, quella sera che io pregavo guardami, guardami almeno negli occhi, dico a Marta no, vedi male. Non può essere biondo. Lei dice eppure, sono sicura, un uomo biondo verrà nella tua vita. Ah, ma io intendevo uno che c'è stato. Marta scuote la testa. Non vedo niente riguardo uno che c'è stato, vedo solo questo che verrà. Mi stringo nelle spalle. Anche Marta si stringe nelle spalle, come per dire: te l'avevo detto che non sono brava.

(8)
Dopo che Marta se n'è andata, baciandomi sulla guancia e dicendo buona fortuna, restiamo soli io e Jean-Luc, seduti nel corridoio. Mi guarda con gli occhietti chiari e sembra così tranquillo, lui con la sua musica, io col mio silenzio. Potrei restare tutta la notte a guardarlo negli occhi. Nelle ultime quattro settimane, dopo quella notte che Nino ha detto non c'è più storia fra me e te, dopo che a occhi chiusi ha detto: credo che il mio sentimento si possa definire noia, mettendo fine a mesi di dubbi, di tentennamenti, di telefonate con pause lunghissime fra una frase e l'altra, dopo di allora non

ho cercato la compagnia degli amici. Cosa ne sanno gli amici?, chiamano qualche sera, chiedono come stai, poi si stancano di sentirti piagnucolare. Si è così soli dopo l'amore. I primi giorni volevo fermare la gente per strada, dire a ognuno che incrociavo: sono stato lasciato. Avrei pur sentito, fra molti, la parola saggia per tornare a star bene. Ma non avevo il coraggio. A volte, invece, ho trovato sguardi in cui sentirmi compreso. Senza parlare, senza più il desiderio di raccontarmi. La comprensione forse non nasce dalle parole, la comprensione è fatta di sguardi. Occhi acuti, e calmi, che sembrano sapere tutto. A cosa servirebbe ora, togliere gli auricolari dalle orecchie di Jean-Luc, avere la pretesa di raccontare la mia storia? La mia storia è tutta qui: la mia faccia stanca, il treno in corsa, l'aria che entra dai finestrini. E il sollievo perché Jean-Luc è con me, mi guarda, ogni tanto sorride. È vicino. Gli osservo la maglietta grigio chiara, con le maniche lunghe, che un tempo doveva avere vari strappi, sul davanti, dove ora ci sono cuciture simili a cicatrici. Gli osservo il filo degli auricolari, lucido e nero come un filo di liquirizia. Di chi sono realmente amico?, sono amico di chi attende i miei giudizi, sono amico di chi rispetta il mio male, sono amico di chi sa darmi un senso di contatto. Sono amico di un ragazzo, di nome Cees, che mi sta aspettando. Amsterdam non è una scelta casuale. Volevo partire ma non avevo una meta. È stato Cees a telefonarmi, due giorni fa, dicendo vieni a trovarmi. Dicendo: sono in ospedale. Se non vieni a trovarmi, chissà, potremmo anche non vederci più.

(9)

Poi c'è luce bianca, abbagliante, con piccoli grumi di nebbia per le lenti appiccicate alle palpebre. Sento movimento, guardo giù dalla cuccetta e ci sono i ragazzi in piedi, le cuccette richiuse, le borse e gli zaini ammonticchiati sui sedili. Il biondino romano guarda in alto, sei sveglio, dice, mancheranno venti minuti. Io riabbasso la testa, me la sento girare. Penso sono in treno, ho ventidue anni, ho voglia che qualcuno mi abbracci. Non ricordo bene: un certo momento, io e un ragazzo con gli occhi piccoli azzurri ci siamo stretti la mano, siamo tornati ognuno nel proprio scompartimento. Adieu, mi ha detto. Ora ho le scarpe da infilare, le mie cose da raccogliere. Bevo in un sorso l'acqua rimasta, resto incantato a fissare le goccioline d'acqua all'interno della bottiglia. Giù dalla cuccetta ci intralciamo fra noi, ma cosa facciamo?, dice qualcuno, chi è pronto prenda i suoi bagagli, si metta in corridoio. Resto solo io, a cercare di infilare un paio di libri nel borsone che scoppia. Quando il treno rallenta guardo fuori, lo scorcio di una strada dove tutto è nitido, come visto al binocolo: i cartelli stradali, le targhe delle macchine, i fiori delle aiuole illuminate dal sole. Poi per contrasto, l'ombra scurissima nella grande stazione. Scendiamo dal treno. Siamo in molti a scendere dal treno e tutti andiamo verso le scale, che portano al sottopassaggio. Il mio borsone è pesante e la tracolla mi ferisce la spalla, ma non rallento. Ascolto i ragazzi scambiarsi consigli sull'ostello migliore, darsi appuntamenti nel pomeriggio al tal coffee shop. E tu cosa fai, mi chiede il biondino romano, vieni con noi? Io dico no, vado da amici. D'accordo, in bocca al lupo. Poi entriamo nell'atrio e tutti spariscono nella folla più vasta. Mi fermo, di nuovo mi accorgo che mi gira la testa. Non mangio niente da ieri pomeriggio, quando sono partito da Padova. Entro nel bar più vicino. Bevo un succo d'arancia e lo sento scorrere giù, un poco aspro, purificante. Poi il sapore dolce del cornetto e la consistenza morbida dei bocconi che scendono. Nel brusio del bar chiudo gli occhi, godo il piccolo piacere del cibo.

(10)

Finita la colazione raggiungo i bagni, trovo un buon odore di disinfettante. Faccio pipì, mi accosto a un lavandino. Tolgo dal borsone spazzolino e dentifricio. L'acqua è fredda e sento dolore ai denti. Mi lavo la faccia, cerco con le punte delle dita le crosticine agli angoli degli occhi. Poi metto le lacrime artificiali. Io, dico allo specchio, vorrei essere una persona semplice. Avere qualche fede, essere umile senza sapere di esserlo. Avere un alito intatto, da bambino piccolo, che sappia di niente. I nostri baci per un po' sono stati inodori, puliti. Ho capito che qualcosa non andava quando hanno cambiato odore. Certi baci puzzano, la mescolanza delle salive produce aromi strani, gli aliti si fondono e si fanno pesanti. Io e te non abbiamo altri baci da darci. Ora è reale: ho lasciato la città in cui vivi. Non uscirò più pensando forse oggi lo incontro, chissà, per strada o al supermercato. Col mio borsone pesante ritorno nell'atrio, mi verrebbe quasi da telefonarti. A quest'ora ti sveglierei, la tua maglietta bianca, le braccia tiepide sotto le lenzuola. Ti direi amore. Ti direi bastardo. Hai visto che ce l'ho fatta?, restaci tu a Padova. Mi sembra una tale rivincita: alzare questa cornetta, fare un numero diverso dal tuo. Dalla tasca ho tolto il biglietto col numero della casa di Cees. Ascolto gli squilli e intanto mi abbasso, mi gratto le gambe. So già chi mi risponderà, eppure fino all'ultimo ho il cuore in gola, mi aspetto di sentire la tua voce, di ghiaccio, rispondere dall'altra parte.

(11)

Hallo?, dice una voce di ragazza. Anne?, chiedo io, e lei ja. Sono Ettore, sono arrivato. Sei già qui!, dice. Sono partito ieri pomeriggio, in treno. Cees mi ha detto di telefonare, appena arrivavo. Sei stanco?, un po'. Allora vieni a casa. Fuori dalla stazione prendi il cinque, chiedi all'autista di farti scendere alla terza dopo il Singelgracht. Incamminati per... Trascrivo le indicazioni di Anne parola per parola, meccanicamente. Ti aspetto, dice. Metto giù il telefono e guardo il biglietto su cui ho scritto. Mi disorientano i nomi inconsueti delle strade, eppure questi nomi sono tutto, hanno un suono importante, speciale, perché non ho altro per riconoscere i luoghi. Anche Anne è solo un nome, Anne chi è?, la sorella di Cees, la ragazza che mi aspetta, di cui sarò ospite. Tutto questo è Anne, ma non ha una faccia. Nella mente è così morbido, il pensiero della faccia delle persone amate. Non so immaginare un affetto senza fotografia. Ma se fossi cieco, non continuerei ad amare? Uscendo dalla Centraal Station io sono cieco. Mi colpisce il sole che è così bianco, violento. Sbatto gli occhi, vedo a flash: alberi, acqua, ponti, tram colorati. Ragazzi a piedi e in bicicletta. Poi mi abituo, posso andare. Cercare il mio tram e la via da seguire. Con pazienza, credo, cercherò ogni cosa di cui avrò bisogno.

(12)

Appena scendo dal tram la riconosco. Forse perché assomiglia un po' a Cees, con quella fronte alta, la bocca piccola. Forse soltanto perché è lì ferma, e guarda la gente che scende, poi guarda me e fa un mezzo sorriso. Anne?, Ettore?, sì. Ci abbracciamo. Ecco, Anne ha un viso. Un viso giovane, non dimostra più dei miei anni, eppure so che ne ha ventisette. Ha una maglia verde come l'erba fresca. Non serviva che venissi a prendermi, dico. Avevo paura che ti perdevi. Ci avviamo. In questa via, fra i passanti che sembrano tutti giovani, con zainetti e con borse a tracolla, le biciclette che scorrono ordinate a lato del marciapiede, sento la soddisfazione di quando un posto nuovo sembra già proprio, accogliente. Eri mai stato ad Amsterdam?, no. Sembra una città così ordinata, dico. Molte città, risponde Anne, sono ordinate alle nove di mattina. Resto stupito, guardo l'orologio. Non mi capitava da mesi, dico, di essere sveglio e in giro a quest'ora. Neanche a me, ride Anne. Lavoro anch'io in un pub di sera. Mi dispiace, dico, ti avrò svegliata. Ho paura che sia un disturbo, per te; a Cees avevo detto che sarei venuto in poco tempo, ma forse non pensavate che arrivassi dopo due giorni. Lascia stare, dice Anne, con un tono che suona sincero. Tutto in lei sembra sincero, le mani in tasca, i capelli biondi a coda di cavallo. La sincerità è un modo del corpo. Anch'io vorrei un corpo sincero, trasparente, come una bottiglia d'acqua da cui tutti, se vogliono, possano bere. Però come hai fatto, dice, col lavoro? Mi sono licenziato, rispondo. Non è stato difficile, non ero neanche in regola. Cercherai lavoro qui?, proverò a guardarmi intorno. Siamo arrivati, dice. È un palazzo marrone con gli infissi bianchi. Sulle scale c'è odore di caffè. Al terzo piano c'è la porta con la targhetta: Cees und Anne Taadsson. Benarrivato, dice Anne.

(13)

La stanza che era di Cees e che ora per qualche tempo sarà mia, è grande e spoglia. Lungo una parete c'è una libreria con pochi libri, sul pavimento di legno alcune pile di riviste. In un angolo dei pesi da ginnastica disposti in ordine di grandezza. Una finestra e una porta-finestra aperte. Le tende bianche gonfiate dall'aria, simili a meduse. Sembra la stanza di qualcuno che ha traslocato, lasciando quello che non gli serviva. Mi siedo sul letto, duro, con le lenzuola blu. Dove sono tutti i libri?, chiedo. Anne non mi sente, è di là in cucina. Pochi minuti fa, quando ha detto starai nella stanza di Cees, ho avuto l'impressione di un boccone bloccato a metà. Per la prima volta ho capito: se questa stanza può essere mia, è perché non sarà mai più di Cees. In fondo, finora non avevo realmente creduto alla gravità della sua condizione. Nell'ultimo anno è stato in ospedale tante volte, e ne è sempre uscito. Stavolta sembra diverso. Questa casa si prepara al lutto. Il mio primo istinto è di scappare, dire: mi sono sbagliato. Tornerò in Italia, grazie lo stesso per l'ospitalità. Così direi. Esco dalla porta-finestra, c'è un terrazzino sul canale. Il canale rispecchia le case, rispecchia questo terrazzo, forse rispecchia anche me, quel puntino grigio sul pelo dell'acqua. Un puntino così indistinto che devo muovermi, agitare le braccia per essere sicuro che sì, sono proprio io quello riflesso laggiù. Rientro, ho il fiatone. È come d'estate quando fa molto caldo, ogni gesto costa fatica, provoca sudore. Resto immobile sul letto un paio di minuti. Poi sulla soglia compare Anne, ho fatto una tazza di tè, dice, te la porto qui? No, vengo in cucina. Seduto al tavolo della cucina bevo il mio tè, con molto zucchero e molto latte. Anne è impegnata al lavabo. Guardo il suo braccio alzarsi per infilare un piatto nello scolapiatti, senza farlo scontrare con gli altri. È difficile lavare i piatti in modo silenzioso. Solo il rumore dell'acqua che scorre. Mi viene voglia di fare una doccia, di dormire per molte ore.

(14)

Sono nudo in bagno. Le luci dorate dello specchio mi fanno sembrare abbronzato. Posso vedermi dalla faccia fino ai primi peli del pube. Certe volte è importante pensare sono bello, posso piacere, è un pensiero che mi dà fiducia. La bellezza è una risorsa. C'è bisogno di molte risorse per salvarsi, ogni giorno, dalla paura di essere inutili, senza valore agli occhi degli altri. Agli occhi dell'altro. La salvezza era ricevere una tua telefonata, sentirti ridere di una mia battuta, scoprire che parlavi agli amici di me. Volevo le prove della mia importanza, mi aggrappavo alle più piccole cose. Come un cantante alle prime armi, mi aspettavo da te delle specie di applausi. Guardami, applaudimi. Merito il tuo amore. Eccomi, nudo davanti allo specchio, nel bagno con le piastrelle azzurre. E tu ora cosa farai, sarai in mutande e maglietta seduto in cucina, a fare colazione. Tolgo dal mio astuccio lo spazzolino, lo shampoo neutro, la schiuma da barba. Il mio rasoio in metallo cromato. Sistemo gli oggetti sulla mensola vuota di un mobiletto, accanto allo specchio. Basta lasciarli lì un minuto per aver l'impressione che ci siano sempre stati. Sotto la doccia metto l'acqua fredda, ma è quasi tiepida, come nelle docce all'aperto delle piscine, quando il sole scalda l'acqua nelle tubature. Mi asciugo con un telo di spugna ruvida, che mi lascia la pelle un po' rossa. In camera provo a tirar fuori qualche maglietta dalla borsa, qualche camicia, è tutto spiegazzato. Ho pochi vestiti e questi pochi non mi piacciono, ma non importa. Ho ventidue anni e una bella bocca, me lo dicono tutti. Una bocca per baciare una bocca per pregare. Sono a letto. Le lenzuola blu leggere e senza odore. Penso sono stanco, sono innamorato, sono venuto in un paese straniero. Sento il respiro lento, poi sto dormendo e non penso più a niente.

(15)

Il risveglio è la parte più difficile. Bisogna aprire gli occhi e fissare il soffitto bianco. Bisogna sbattere le palpebre, muovere un braccio o una gamba. Se muovo una gamba è come solleticarla, inizia il prurito. Mi gratto. Tu cosa farai?, starai dormendo, da solo o con qualcun altro? Vorrei telefonarti. Tengo gli occhi chiusi e quasi mi riaddormento. Se mettessi una sveglia a un metro dal letto, sarei costretto ad alzarmi per spegnerla. Faccio respiri profondi. Non posso neppure alzarmi di colpo, ho sentito dire che fa male al cuore. Non siamo fatti per le cose nette. Tagli netti, mosse brusche, sono un po' innaturali. Diluire per vivere? D'altra parte, come si fa ad alzarsi al mattino, se nessuno ci aspetta. È giovedì, sono ad Amsterdam da tre giorni. Non è vero che nessuno mi aspetta, andrò a trovare Cees. E dovrei telefonare a mia madre forse. Riempire questo giorno. Un due tre, sono in piedi. Spalanco i balconi già mezzi aperti. Di notte non sopporto il buio completo, mi mette disagio. Infilo un paio di jeans. Anche la cucina ha un terrazzino, che dà sulla strada. Su questo terrazzino bevo un bicchiere d'acqua, guardando giù la gente che passa. Dentro, mangio cereali col latte. Faccio piano per non svegliare Anne. Leggo l'ora sull'orologio a muro: le dieci e dieci. Fino all'ora di dormire ancora, potrei girare come ho fatto ieri, e l'altro ieri. Di cosa è fatta questa città: battelli lenti sulle acque dei canali, odore di fritto e di salsa di soia dai baracchini di cibo orientale, musica techno musica rock dalle porte dei coffee shops. In alcuni sono entrato e ho bevuto molta birra, fumare no perché da solo non mi piace. Oggi potrei attaccare coi musei. Non mi sento un turista, piuttosto un pensionato. O un convalescente? Ho un residuo di energia che mi fa camminare, guardare, provare piccole curiosità. Non riesco a farmi fretta. Prima di te avevo sempre fretta, avevo un sogno romantico da realizzare, aspettavo l'uomo giusto. Anche con te avevo sempre fretta, raggiungerti su quel gradino su cui sembravi stare, ma tu non porgevi alcuna mano. Forse il tormento di non amare nessuno è uguale a quello di amare qualcuno. Fretta e senso di spreco. Come siamo convinti: siamo il tesoro che nessuno scopre, siamo gli angeli che nessuno intravede. Ma ora bisogna crescere, essere più onesti. Accettare di essere isolati. Nessuno ha il dovere di amarci. Se qualcuno che amiamo a sua volta ci amerà, non sarà per un nostro diritto ma sarà un dono raro, imprevedibile.

(16)

Faccio la fila all'ingresso del Van Gogh Museum. Dopo i primi cinque minuti sento i piedi stanchi, e un po' di batticuore come quando mi arrabbio. È ridicolo innervosirmi per un po' di fila, con tutto il tempo che perdo negli ultimi giorni. È come quando si spendono troppi soldi, di colpo si diventa tirchi per una spesa da nulla. Poi si riprende a scialacquare. Infatti dentro il museo faccio un terzo delle sale a ritmo veloce, poi inizio a indugiare, a stare dieci minuti per quadro senza pensare a niente, infine trovo una sedia libera e mi siedo. Osservo la gente. Quel signore con la barba grigia guarda il soffitto e i pavimenti anziché i quadri. Quella ragazza con un vestito giallo simile a un prendisole, ha le spalle ricoperte di lentiggini. E quel ragazzo con la carnagione scura, forse mulatto, ha i capelli neri corti scompigliati, come se qualcuno ci avesse passato una mano in un gesto di tenerezza. Porta sandali marroni, jeans chiari, una camicia bianca fuori dai pantaloni quasi del tutto aperta, con un solo bottone allacciato nel mezzo; una mano sulla pancia che solleva i lembi della camicia, lascia vedere le sporgenze degli addominali e la pelle scura, senza peli, su cui le dita tambureggiano. Sembra uscito dalla pubblicità di un profumo. Certi ragazzi provocano meraviglia, sembrano vivi di una vita diversa, speciale, come se venissero da un altro pianeta. Vorrei inginocchiarmi e supplicare guardatemi, consideratemi. Non posso sopportare l'idea di non esistere ai loro occhi, sono come un bambino che vuole farsi notare dai compagni più grandi. È stato per questo che ti sono venuto incontro in quella piazza, fra la gente, quel pomeriggio che ti ho conosciuto. Mi sono fermato a qualche passo e tu subito guardavi da un'altra parte, poi mi hai visto e mi hai sorriso. È stato il tuo sorriso più bello. Non so se immaginavo l'inizio di una lunga storia, o se al momento mi bastava il fatto di piacerti. Ero ancora così giovane. A vent'anni, se si è carini, è facile dividere il mondo in due: chi dimostra attrazione per noi, e chi no. Avevo bisogno di capire immediatamente da che parte stava ognuno, tanto più se mi piaceva. Tu invece, lo notai subito, eri immune alla trappola del narcisismo. Non avevi quella tensione del corpo di chi pensa, in ogni istante, che forse qualcuno lo guarda. Eppure eri più bello di me. La bellezza è una specie di nobiltà, per possederla realmente bisogna avere indifferenza, non esibirsi. Anche il ragazzo con la camicia bianca è un vero bello, guarda i quadri e si massaggia la pancia, sembra assorto, non ha bisogno di nessuno. Mi alzo e proseguo per le altre stanze. È la prima volta che ci penso seriamente: prima o poi troverò un uomo che mi darà le stesse sensazioni di Nino, senza essere Nino. Prima di partire c'è stato Mohnsen ma era una specie di prova, una curiosità del corpo, un modo per vedere cos'era cambiato. In apparenza nulla: come con Nino, come ancora prima di Nino, mi veniva duro e sentivo battere il cuore e avevo in gola quel sapore di adrenalina. Ma il corpo certe volte è tutto, altre volte è solo un guscio. Può muoversi e può sentire ma tutto resta sulla pelle, sulla punta delle dita e su quella del cazzo. Ero sdoppiato. Il corpo seguiva un suo rito, si eccitava, ansimava, mentre io restavo freddo. Sprofondavo, ero irraggiungibile. Per questo adesso è così difficile. Aspetto qualcuno che mi richiami al corpo, mi faccia risalire come dal fondo del mare.

(17)

Sul marciapiede ad aspettare il tram. Andrò all'ospedale a trovare Cees, anche se è presto, è appena l'una del pomeriggio. Gli altri giorni sono andato verso sera, chissà se a quest'ora si può entrare nel reparto. Proverò. Di girare su e giù per il centro sono stanco. In questa città non ho ancora un rifugio, un luogo preferito in cui stare seduto. In ogni città che amo ho un rifugio. A Verona ad esempio ho Piazza Dante che è silenziosa, protetta, chiusa dai palazzi lungo ogni lato. A Venezia c'è la Punta della Salute che è un cuneo verso il mare, con la striscia verde dei Giardini sullo fondo, San Marco e la Giudecca ai lati, il vento che a volte sembra spingermi giù, mentre siedo coi piedi a penzoloni sull'acqua. Quando penso alle città penso in realtà a questi posti, forse non amo intere città ma solo angoli, ponti, piazze. Qui ad Amsterdam che luogo troverò?, chissà, non serve cercarlo, devo scoprirlo per caso. Le cose belle le ho avute spesso per caso. Salgo sul tram dalla porta sbagliata, quella per la discesa. Incrocio una ragazza che scendendo dice ciao Ettore, come stai? Io sul tram, mi giro e giù c'è la ragazza del treno, quella che mi ha fatto le carte. Per un attimo non mi viene il suo nome, resto lì imbambolato. Marta, dico poi, come la risposta di un gioco a premi. Lei molto bella, più di quanto ricordassi. Vediamoci dai, dice, vieni al Submarine questa sera?, che cos'è il Submarine?, verso Rembrandtplein, dice. La porta si chiude, il tram si muove. Marta fa ciao con la mano, a stasera, sento che grida. Vado a sedermi con il cuore che batte forte, non è successo niente di speciale, mi dico per calmarmi. Ma è molto bello pensare stasera esco, ho appuntamento con qualcuno. Di cosa le parlerò: di te e della voglia di stare con te e della pena di non averti più?, no, devo cambiare discorsi, cambiare pensieri, è come l'effetto di una droga che non va più via. Ho vissuto tutta la vita come un continuo prendere droga, i sentimenti salgono e me ne accorgo quando sono nel pieno, non posso più scacciarli, devo viverli per tutto il loro tempo. Ogni tanto mi fermo e dico calma, questa cosa mi può fare male, devo controllarla, poi riprendono il delirio e la tachicardia. Questo è l'effetto che mi fa un acido e, più esteso nel tempo, l'amore per te. Quando l'effetto sembra scendere è il momento dell'inganno, mi sento lucido e invece no, da un momento all'altro può tornare e io sono fuori, fuori di me. Essere fuori di sé, a volte, significa tentare di essere dentro gli altri. Sentire. Capire. Ma è uno sforzo vuoto e ci lascerà vuoti. L'amore, come ogni droga, ci arricchisce di qualcosa per svuotarci di tutto il resto.

(18)

Dall'esterno, l'ospedale sembra grande. Ma è internamente che rivela la sua vera enormità, la lunghezza faticosa dei corridoi da percorrere, nel caldo asfissiante, sotto il bianco crudo delle lampade. Tutte le persone che incontro indossano un pigiama. Io, coi miei jeans e la maglietta, mi sento un intruso e mi sento crudele. Vengo da un fortunato mondo esterno e a quel mondo posso tornare, appena voglio. Finora, che cos'era l'ospedale per me: il ricordo di quella volta che mia madre ebbe un collasso, e fu ricoverata per una settimana. Il suo viso bianchissimo come il cuscino. Stare seduto molte ore accanto a lei, che ogni tanto chiedeva un bicchiere d'acqua. Avevo diciassette anni; un anno dopo cominciarono le attese nervose fuori dalla porta di un ambulatorio, due tre volte l'anno, aspettando i risultati di un test Hiv. Busso alla porta della stanza di Cees. Entro. Lui è sul letto che guarda la tivù. Si è svegliato da poco perché ha gli occhi lucidi e neri. Li ha marroni, quando è sveglio del tutto. Spegne la tivù col telecomando, chiede da dove sbuchi? Non è orario di visite, dico io, ma nessuno mi ha detto niente. Bravo, mi hai portato un regalo? Se ieri sera hai detto che non vuoi regali. Sì ma facevo per dire. Mi siedo sul letto vicino alle sue gambe. Dalla stanza accanto viene una musica. Riconosco una vecchia canzone di Sinead O'Connor: nothing can stop this lonely tears from falling... tell me baby, where did I go wrong... Tutto il giorno ascolta questa canzone, dice Cees. A me piace, dico. A me invece piaceva quando avevo la tua età. Ma se abbiamo solo tre anni di differenza, sì ma ormai sembrano trecento. Cees prova a ridere. Subito la risata diventa tosse e lui scatta avanti col busto, con una mano sulla bocca. Mi guarda fisso con gli occhi umidi mentre la faccia si arrossa e si gonfiano le vene delle tempie. Ora ti passa, dico. Quando si calma stende in avanti il braccio. L'ago della flebo si è staccato e penzola di fianco al letto. Ecco, dice, devo chiamare l'infermiera. Mi scaccerà?, basta che non ti fai vedere. Nasconditi dentro il bagno. Nel bagno c'è odore di cloro come in una piscina. Resto al buio e quasi trattengo il fiato, quando sento che di là entra l'infermiera. Ascolto le voci parlare in olandese. L'infermiera ha una voce energica e dapprima sembra brusca, poi la sento ridere. Cees tossisce. Poi c'è silenzio e io conto fino a dieci, quindi esco dal bagno. È ancora lì che gli misura la pressione. Vorrei fare dietrofront ma lei ha già alzato gli occhi. Arrossisco. Lei sorride e dice goedemorgen. Slaccia la fascia dal braccio di Cees, gli dice qualcosa. Mi sorride ancora ed esce dalla stanza. Cees ha la faccia soddisfatta di chi è riuscito a fare uno scherzo. Ma allora posso starci, dico, mi hai fatto nascondere per niente. Com'era il bagno?, era umido e caldo. Mi siedo ancora sul letto. Dico era buio nel bagno e non vedevo niente, però sapevo di essere in un piccolo spazio. Se avessi allungato un braccio avrei toccato la parete. Chissà come si sente un bambino nella pancia, come un tuorlo dentro l'uovo dice Cees. Una volta, continuo, Nino mi ha infilato la testa sotto la maglietta. E allora? Sentivo il peso sulla pancia e guardavo la mia maglietta tesa su questa specie di palla. Mi sembrava di essere incinta, incinta di Nino capisci? Cees scuote la testa. Insisto: lo sentivo ridere dalla mia pancia.

(19)

In alcune parti, è vero, il corpo di Cees dimostra trecento anni. Le gambe, ad esempio, nude sotto i pantaloncini del pigiama estivo, sono scheletriche e senza peli, con la pelle un po' gialla come quella dei corpi imbalsamati. Mandano un odore acre per certe pomate che gli spalmano. Non camminano quasi più. Cees ha detto di aver capito di star morendo la prima volta che si è ritrovato per terra, stordito, dopo aver cercato di andare in bagno da solo. Ma cosa dici, ho risposto, e non sapevo cos'altro aggiungere. Si resta così impacciati davanti alla lucidità di un malato. Ora Cees mi guarda le mani. Io non so bene cosa farne, le lascio lì sulle mie gambe, inerti. Cees dice il peggio di stare male è che tutto diventa complicato. Dover chiamare l'infermiera per ogni cosa che mi serve, dover aspettare, chiedere aiuto. Io, continua, per tutta la vita ho cercato di sconfiggere la complicatezza, e a volte ci sono riuscito. Cose come non impiegare dieci minuti per trovare la temperatura giusta dell'acqua, sotto la doccia, o stendere le magliette in modo da non doverle poi stirare, recarsi al lavoro in bici risparmiando il tempo dell'attesa del tram e i soldi del biglietto. Era vincendo queste piccole sfide che avevo l'impressione di dominare la vita quotidiana. Ridurre il peso dei gesti necessari. Adesso guardami, le cose necessarie sono così difficili, nutrirmi, urinare, non posso nemmeno lavarmi la faccia. Anche morire è complicato perché ci sono tutti questi fili, le persone che vengono a trovarmi, tutto il tempo che sto qui sdraiato, a pensare e ripensare.

(20)

Mi sudano le mani. Non so se è per lo sforzo di tenerle ferme o per lo sguardo di Cees che è come un fascio di luce, caldo. Quando Cees distoglie lo sguardo posso finalmente muoverle, sgranchirle, usarle per grattarmi le gambe. Mi piacerebbe fargli una carezza, o sfiorargli i capelli, un gesto dolce per dirgli ti capisco. Invece lo dico a voce, ti capisco Cees, e subito me ne pento, per quella vocina un po' gracchiante che mi è uscita, così inadeguata. La voce di Cees invece è profonda, intatta, con l'accento nordico quasi solenne. È strana quella voce dalle labbra secche, dal petto magro. Ricordo la prima volta che mi disse:

mi chiamo Cees, facendosi sentire sopra il rumore del vaporetto, lo sciabordio dell'acqua. Eravamo a Venezia all'incirca tre anni fa, in un periodo in cui Venezia era la città che sentivo più mia, l'unico posto in cui ero certo di non sprecare alcun momento. C'era sempre una sensazione da provare, di cui prendere coscienza. Con Cees ho avuto un'amicizia semplice, forse perfetta, senza neppure gli equivoci iniziali che accadono spesso, quando non si capisce se nasce un amore o un'amicizia. Ci vedemmo quasi ogni giorno per i sei mesi della sua borsa di studio. Ora che sono qui non riesco a ricordare di cosa parlassimo, in tutte quelle giornate. Sento come la necessità di riconquistare Cees, fargli capire che sono ancora io, uguale a quello di tre anni fa, e che anche lui non è cambiato ai miei occhi, nonostante i venti chili di meno, la pelle secca e gialla. Ma cos'è parlare?, quando si sente il bisogno di farlo vengono solo parole povere, banali. Non è facile parlare. Non c'è più niente di facile, né per me né per Cees. Eppure lui sorride e sembra quasi divertito, dice portamelo questo benedetto regalo, la prossima volta che vieni. Io annuisco, vado via.

Sono solo. Sono solo quando non trovo le parole, quando la voce mi esce stonata. Sono solo nella mia salute. Sono solo quando gli altri sono grandi e io resto bambino. Quando sono sciocco, quando gli altri sono sciocchi e io non so scherzare. Quando immagino che fai la doccia, ti massaggi il corpo senza pensare a me. Sono solo mentre esco dall'ospedale, vado verso la fermata nel rumore del traffico. Sono solo perché ho poca speranza e questa poca basta appena per salvare la mia vita. Non ho nulla per salvare quella di Cees, né quella di alcun altro. Sono solo perché non ho entusiasmo, non ho la forza per essere altruista.

(21)
A casa faccio le flessioni. A venti sto scoppiando, ma continuo, la sfida è farne almeno cinque oltre quello che sembra il limite. Poi rotolo sulla schiena, respiro forte, sento le narici allargarsi. È bello quel momento in cui c'è solo l'aria, il bisogno d'aria. Guardo il soffitto fra il letto e l'armadio, come il cielo fra due palazzi. Quando il duro del pavimento fa male alla testa comincio un'altra serie. Venti, pausa, venti, pausa. Fino a centocinque. Poi gli addominali e i pesi, in piedi davanti alla porta-finestra. Quel torpore delle braccia dopo lo sforzo. Potrei cercare una piscina per andare a nuotare, tutti i giorni, come facevo quand'ero più giovane. Tanta fatica per chi?, per me, o per qualcuno a cui vorrò piacere. Perché il corpo abbia una forma resistente. Come sarò fra una decina d'anni?, non so immaginarmi, forse come certi trentenni che si vedono in giro, sorridenti, ancora ragazzi, con quell'aria perenne di essere appena tornati dalle vacanze. Oppure avrò la pancia e il sottomento, l'alito pesante per i problemi di fegato. Se penso al futuro non vedo nessuno. Se penso al passato rivedo le fotografie, i riccioli da bambolotto, il sorriso timido di quand'ero adolescente. Le gambe lunghe sproporzionate, di quando si cresce in fretta. Com'erano goffe quelle gambe, e ridicoli i miei vestiti. Quando ho visto le foto del tuo vecchio album sono rimasto invece commosso, un po' sconvolto, come quando non si riesce a capacitarsi. Avevi avuto quegli occhi fin da piccolo, quella bocca, quell'espressione un po' distratta come uno che sente un suono, un richiamo che gli altri non sentono. Che razza di miracolo ti aveva fatto nascere, crescere, incontrare con me. Abbiamo avuto vite che si sono incrociate. La mia si è fermata e la tua proseguita.

(22)

Faccio la doccia. Le scie di schiuma bianca sulla pelle ancora un po' abbronzata. Tornando in camera con l'asciugamano intorno ai fianchi incontro Anne, appena rientrata, con i sacchetti della spesa. Ciao, ciao, sei stata da Cees?, sì. Dico vado a vestirmi. In camera resto indeciso a guardare le poche magliette pulite. Dalla stanza di Anne viene una canzone dei Gene. You said that I... should look to the future... Mi metto a ballare. Da quanto tempo non ballavo nudo davanti allo specchio dell'armadio?, è più forte di me. Saltello, muovo le braccia come per planare, canto la canzone: ...where are they now? Mi accorgo allo specchio che sto sorridendo, ho il corpo così pulito e leggero, il cazzo sballottato come un pon-pon. Poi la musica è interrotta bruscamente. Resto col fiatone, mi chino per grattarmi le caviglie. Anne bussa alla porta: facciamo il pollo con l'ananas?, buono. Arrivo subito, dico. Mi vesto in fretta. Maglietta blu scuro sui jeans blu chiari. In cucina ci mettiamo l'uno accanto all'altra, lei prepara il pollo, io taglio l'ananas. Ha riacceso la musica, è bello seguire il tempo con le gambe. Ridiamo quando un cubetto di ananas mi sfugge, schizza sul tavolo come un proiettile. Anche a Padova, dico, mi divertivo a cucinare col mio compagno di appartamento. Mi vengono in mente certe sere d'inverno, inventarsi un nuovo sugo per la pasta, o cucinare ognuno la propria pietanza, per poi offrirne un assaggio all'altro. Con Ale ho avuto spesso una convivenza serena, godevamo insieme di piccole cose, mangiare, fumare, guardare i video alla tivù. Poi ti ho incontrato e ho smesso di accontentarmi, i momenti senza di te erano sprecati, fingevo talvolta di star bene ugualmente, ma avevo l'amaro in bocca. Anne è passata al fornello, mescola in una padella i pezzetti di pollo con una salsa cremosa e scura, che ha odore di aceto balsamico. Dice fra un minuto aggiungeremo l'ananas. Restiamo un po' in silenzio, poi lentamente verso i cubetti d'ananas nella padella. L'odore si fa più dolce. Resto ipnotizzato a guardare il cucchiaio di legno che gira intorno, i cubetti gialli inzupparsi nella crema scura, diventando marroni. Anne ruota al massimo la manopola del gas, facendo aumentare il friggio e salire un gran vapore. Poi spegne e copre la padella. È pronto, dice. Prepariamo la tavola?

(23)

Mangiamo. Ora in sottofondo c'è un cd dei Depeche Mode. And I thank you... for bringing me here... for showing me home... Verso birra nel bicchiere di Anne. Chiedo sai niente di un posto chiamato Submarine?, lei ci pensa un po', mi sembra di averlo sentito, dice, dev'essere una discoteca. Vuoi andare a ballare? Ho un appuntamento in quel posto. Sono contenta. Possiamo andare anche io e te a ballare, dico, quando avrai la serata libera. Ci andremo. Con Cees ci andavo spesso. Lo dice con tale calma. Ballare fa bene, continua. Credi che Cees... Mi fa una carezza. Vado a prepararmi, dice. Non lavare i piatti, ci penso io domattina. Ma figurati, dico. Dopo lavati i piatti, esco sul terrazzino della cucina. Il cielo ha quel colore fra il grigio e il blu di quando è quasi sera. Accendo una sigaretta. Le canne ci vuole concentrazione per fumarle, le sigarette no. Piuttosto ti concentrano su ciò che vedi. Varie persone camminano sul marciapiede e chi ha già cenato si riconosce dal passo lento, tranquillo. Chi torna ora a casa cammina invece rapido, guarda dritto davanti, non si lascia distrarre dalle vetrine dei negozi. Getto giù la cenere che non può colpire nessuno, si disperde nell'aria. Sto così bene su questo terrazzo. Vieni?, chiede Anne, comparsa accanto a me. Ha un profumo buono di agrumi. Già le altre sere l'ho accompagnata al pub dove lavora, sono entrato a bere una birra. Ma ho una specie di riluttanza a staccarmi dalla ringhiera, ad andare a lavarmi i denti. Dice se preferisci uscire più tardi... Non è questo, dico. Forse è meglio se non esco stasera. E poi fra poco potrebbe venirmi sonno, non senti quest'aria fresca?, viene proprio da infilarsi a letto. Anne chiede sei sicuro?, scuoto la testa. Non so cosa mi viene. Voglio uscire, rimanere. Sono pigro e voglio ballare. Restare protetto e mettermi a rischio. Forza, dice Anne. Mi prende per mano, mi conduce in entrata, mi porge il giubbino. Scendiamo le scale in silenzio. Giù in strada dico hai ragione. Facciamo a piedi il mezzo chilometro fino al pub, sempre tenendoci per mano. Gli ultimi metri corriamo perché Anne è in ritardo. Non avevo mai corso tenendomi per mano. Ridiamo come bambini che giocano a farsi prendere.

(24)

Dentro mi siedo su uno sgabello, riprendo fiato. Saluto le colleghe di Anne. Can I have a beer?, here it is. Bevo lentamente. Bisogna dare tempo al corpo, perché la birra sia assorbita del tutto. Fra un sorso e l'altro guardo i video sullo schermo sopra il banco. Intanto il locale si riempie. Vengono persone a sedere sugli sgabelli accanto al mio, altre persone restano in piedi a parlare, coi bicchieri in mano. Dovrei andare in bagno ma come si fa?, con tutta questa gente che sbarra la strada. Alla fine della seconda birra decido che in fondo non sarà così difficile. Mi alzo e inizio a scivolare fra persona e persona. Incrocio altri che si spostano da un punto all'altro e nessuno sembra fare fatica, neanch'io ne faccio, è come una macchina perfettamente oliata. C'è sempre un piccolo spazio per procedere di un passo. Se urto qualcuno o qualcuno mi urta, è sufficiente sorridere. Anche Anne la vedo che sorride e scherza coi clienti, mentre si fa strada con un vassoio colmo di bottiglie e di bicchieri. Il bagno è vuoto e sembra così spazioso. Piscio nell'orinatoio con un sospiro. Mi lavo le mani, metto le lacrime artificiali. Questi occhi lucidi, un po' socchiusi di quando bevo la birra, come uno che trattiene una risata. Quando bevo mi accorgo che ci vedo meno, e al tempo stesso non mi importa, non ho più bisogno di vedere nitido, lontano. Bastano i contorni, le cose vicine. Torno al banco e trovo una ragazza sul mio sgabello, seduta sopra il mio giubbino. Le indico impacciato la manica del giubbino, che penzola giù, lei si alza e dice sorry, sorry, mi fa segno di sedere, io dico no, prendo il giubbino e dico please, seat down. Lei siede, mi offre il suo bicchiere da cui spunta una cannuccia. Bevo un goccio, è dolciastro e molto forte. Dico bye, faccio per allontanarmi, poi torno indietro e le chiedo do you know Submarine? Lei mi avvicina l'orecchio, ripeto la domanda. Dice ja, mi spiega la strada. La saluto di nuovo. Uscendo dal locale cerco Anne con lo sguardo, trovo invece Kate, un'altra delle cameriere, le dico tell Anne that I have gone. Okay. Poi sono fuori e mi avvio verso il tram.

(25)

Scendo dal tram in Frederiksplein. Seguo la via che mi ha indicato la ragazza. Trovo un paio di pub e in entrambi faccio sosta. Bevo altre birre, più in fretta ora, perché resto in piedi e bere in piedi è diverso, si è precari, sempre sul punto di ripartire. Cosa sono i miei pensieri: piccole onde in un mare di birra, schiuma bianca che disegna parole. Amore, rimpianto, divertimento. Davanti al Submarine c'è un po' di fila. Tutti ragazzi in jeans e scarpe da ginnastica. Alcuni già ballano al rimbombo di una musica pompata, proveniente dall'interno. Questo locale mi piacerà. L'ingresso è immerso in una luce violetta. Il ragazzo che strappa i biglietti è vestito da ufficiale di marina, con l'uniforme bianca e il berretto bianco con la visiera. Scendo una rampa di scalini di alluminio. Mi vengono incontro folate di aria calda, e il rimbombo sempre più forte. Giù è pieno di gente. Il locale è uno stanzone col soffitto basso e una serie di finti oblò rotondi alle pareti, con dietro schermi video che trasmettono immagini di meduse, seppie, polipi che nuotano. Nella pista illuminata da luci strobo, molti ragazzi sono a petto nudo. Vado in pista. Inizio a ballare prima timidamente, quasi temendo di essere osservato, preso in esame da una giuria che dica: balli bene, balli male. Poi mi scateno. Entro nella musica, nel ritmo veloce, come saltando su un treno in movimento. Quando le gambe hanno imparato il battito, non c'è più modo di sbagliare. La musica è monotona, senza stacchi, un unico pezzo tirato lunghissimo. Anche dopo un tempo di forse un'ora, fradicio di sudore, non posso fermarmi per questo ritmo ossessivo, come un'ipnosi. Il corpo è libero ed è difficile richiamarlo, come un cane lasciato senza guinzaglio. Se il corpo è libero anche la mente è libera, e lucida ora, che ho sudato fuori la birra. Posso immaginarti: se tu fossi qui avresti i jeans chiari come i miei, e quella polo bianca che mettevi sempre ultimamente. Posso immaginare il tuo colletto sbottonato, il triangolo di pelle nuda senza peli, dal collo verso lo sterno. Certi particolari sono così sexy. Anche qui, su questa pista. Le nuche rasate di fresco sono sexy. Le goccioline di sudore sopra il labbro sono sexy. L'elastico dei boxer che spunta dai pantaloni è sexy. L'etichetta rossa sulla tasca posteriore dei Levi's è sexy. Posso roteare gli occhi dall'uno all'altro di questi particolari, oppure fissarne uno alla volta. Fotografare le immagini per riviverle più tardi, con calma, rimontandole all'infinito come spezzoni di film. A volte la fantasia ha di queste esigenze. Non ha bisogno di persone intere ma di soli brandelli.

(26)
Poi tolgono le luci. Tutto il locale resta al buio tranne le luci delle uscite di sicurezza, e i riflessi degli schermi video. La musica è ridotta a una serie di soffi violenti, come le scariche di un compressore, o di una gigantesca macchina industriale che si stia ricaricando. La gente in pista inizia a gridare, a battere le mani. Nel buio quasi completo grido, batto le mani perché tutti lo fanno, è naturale, come unire la propria voce a una preghiera comune. Se un solo attimo mi fermo per riprendere fiato, mi sento minuscolo e fragile come sull'orlo di una catastrofe. Bisogna gridare insieme, senza sosta, invocare questo frastuono perché smetta di essere pauroso, perché riprenda ritmo, ritorni a farci ballare. Poi parte un sibilo come un allarme, che cresce, diventa insostenibile, ci costringe a tapparci le orecchie ma ci fa gridare ulteriormente, esaltati, pieni di impazienza. Quando il sibilo si interrompe, lascia un secondo di silenzio attonito. Nei momenti di vuoto si è così neutri. Si smette di attendere si smette di chiedere. Io sono niente io sono chi. Molte cose sono successe e non erano come volevo. Cosa si deve fare quando si capisce che il nostro tempo passa, e non c'è rimedio? Poi l'esplosione, la luce strobo frenetica, i fasci di luce colorata e il nuovo ritmo incalzante della batteria elettroni-

ca. Stiamo tutti ballando, senza smettere di urlare, con le braccia in alto. La maggior parte saltella da una gamba all'altra, come una corsa sul posto. È l'unico modo per seguire il ritmo. Solo questo ragazzo accanto a me resta immobile e mi guarda, senza espressione. Ha i capelli biondi a spazzola e una maglietta nera con una stampa dell'Uomo Ragno. Non puoi stare fermo, vorrei dirgli. Senti questa musica, è uno spreco non ballarla. È allora che mi sento toccare la schiena, mi giro e c'è Marta, sorridente, con le braccia aperte.

(27)

Ti ho trovato, leggo sulle sue labbra. La stringo forte e la sollevo da terra, come gli amanti nei film romantici, quando finalmente si ritrovano. Ettore, dice lei, poi ride e dice: mi stai inzuppando di sudore. Allora la metto giù, un po' imbarazzato. Mi sto divertendo, le grido nell'orecchio. Anch'io, grida lei nel mio. Andiamo a bere?, sì. Attraversiamo la pista in direzione del bar, lei davanti a me, io con le braccia sulle sue spalle, come a proteggerla dagli urti della gente che balla. È una delle poche ragazze nel locale. Come mai vieni a ballare qui?, chiedo. Perché ci vengono tutti i miei amici. Mi diverto più qui che nei locali straight. Siamo arrivati davanti al bar. Ecco, dice indicando dietro di me, lui è Jerald. Mi giro e vedo il ragazzo che c'era in pista, quello con la maglietta dell'Uomo Ragno. Capisco che ci ha seguiti fin qui. Ma vi conoscete, dico a Marta. È un mio amico. Stava venendo con me a chiamarti, continua, quando hanno tolto le luci. Stringo la mano a Jerald. È asciutta e calda come un sasso rimasto al sole. La sensazione di quel caldo mi provoca una nuova ondata di sudore. Jerald mi guarda con la testa un po' all'indietro, la bocca in primo piano, al modo in cui si guarda qualcuno che ci ricorda qualcun altro, ma non sappiamo esattamente chi. Dovrei dire qualcosa forse, nice to meet you o una frase del genere. Sono stordito. Dev'essere stato tutto quel movimento, in pista. Ho ballato come un pazzo e ora mi sento come un bambino appena sceso dalla giostra. È stato così forte e inebriante, che adesso quasi mi gira la testa.

(28)

Quando torno dalla ressa del bar, con due birre e il succo di frutta per Marta, trovo solo lei ad aspettarmi. E Jerald?, chiedo, ho preso una birra anche per lui. Mi pare sia andato in bagno, dice Marta. Ritornerà, credo. Facciamo cin-cin, lei col suo bicchiere, io con la bottiglia di birra. Nell'altra mano tengo la bottiglia di Jerald. Cosa fai di bello ad Amsterdam?, mi chiede. Sono venuto a trovare un amico, dico. Forse mi fermerò un po' di tempo. E tu?, abito nella zona ovest, dice, poco oltre il Jordaan. Ci sei stato?, scuoto la testa. È faticoso parlare, anche fuori dalla pista. Sento male all'orecchio dove lei grida, come se ci soffiasse l'aria fredda. Anche alle mani sento un po' di dolore, come reggendo due pezzi di ghiaccio, per le bottiglie fredde. Bevo dalla mia. In bocca la birra non fa più male, è schiuma fresca gradevole, lava via il senso di secco. C'è molta gente, dico. Siamo nel mezzo di un andirivieni, tutti questi corpi che strusciano, premono. Le persone hanno un nome, un futuro, i corpi no. Domani chi di loro continuerà a esistere, per me? Come si fa a scegliere, dico a Marta, sentire curiosità per uno particolare... Non è carino Jerald?, fa Marta, accennando alla bottiglia intatta che tengo in mano. Non so... sì, rispondo, guardando anch'io quella bottiglia. Poi rido: vuoi dirmi che è lui, il biondo che mi hai predetto? Quale biondo?, risponde Marta. Ho finito il succo di frutta, dice, avevo una sete. Ne vuoi un altro?, no figurati, sei così ricco da continuare a offrire da bere? Veramente no. Intanto, dice, vado a posare il bicchiere vuoto. Si tira una ciocca di capelli dietro l'orecchio, si inoltra fra la gente.

(29)

Marta non ritorna. Tutto intorno ho un muro di gente, sembra che il locale si riempia sempre di più. Vorrei tornare in pista, sono indeciso. Mi muovo nella direzione in cui è sparita Marta. Ho ancora le due bottiglie, una ormai vuota, l'altra piena. Questa non posso berla, scoppio. Intravedo un ragazzo in maglietta bianca, con una bacinella sollevata sopra la testa. Quando ci incrociamo sorride, abbassa la bacinella. È piena di bicchieri e di bottiglie vuote. Aggiungo la mia vuota. Lui resta fermo, forse aspettando che ci metta anche l'altra. Potrei farlo, sarei libero. Scuoto la testa. Il ragazzo sorride ancora, prosegue. Almeno, una sola bottiglia è meglio di due. Meno impacciato, posso sgusciare fra la gente. Ho una specie di ansia, come se dovessi portare un messaggio. Vedo questo moretto che viene avanti, decido di slancio. You want a beer, gli dico porgendo la bottiglia. Devo avere una faccia così ebete. No thanks, dice, e tira dritto. Anch'io vado avanti, lento, senza cambiare andatura. Voglio rimanere naturale. Ma ho questo bruciore sulla faccia, come se mi avessero tirato uno schiaffo. E mi prudono le caviglie. C'è un po' di spazio vuoto, alla mia sinistra, fra l'ultimo di una fila di divanetti, tutti occupati, e il gradino di un piano rialzato. Mi ci infilo. Resto in piedi, con una mano in tasca, ancora con l'impressione che qualcuno mi guardi, divertito. Sì è vero, sono imbranato, ho gesti penosi. Non so usare disinvoltura, trasmettere semplicità.

C'è davvero qualcuno che mi guarda, seduto sul gradino. Lo vedo con la coda dell'occhio, ha il viso rivolto verso di me. Mi giro, è Jerald. Dapprincipio noto il suo mezzo sorriso, penso che ha visto, che mi sta deridendo. Poi vedo gli occhi fissi, sognanti, come se io fossi un personaggio della sua fantasia. Sembra un bambino chiuso nel suo mondo. Un bambino col petto ampio, le gambe forti strette nei jeans.

(30)

This beer is for you, dico, but I fear it's warm, by now. Lui guarda la bottiglia con gli occhi socchiusi, come per capire cos'è. La prende con un gesto lento del braccio. Poi si sposta leggermente, forse per farmi posto accanto a sé. Mi siedo. Guardo il suo profilo regolare, il naso dritto, mentre alza il viso verso l'alto, per bere dalla bottiglia. Si gira verso di me come per dire qualcosa. Nella luce bassa gli vedo gli occhi di un colore indefinibile, fra il blu e il grigio. Fa segno di sì, poi sorride. Cosa?, faccio, anch'io sorridendo. Mi piacerebbe parlare, dice. Possiamo farlo, dico. È vero, si può parlare, possiamo raccontarci un sacco di cose. Le nostre voci sono chiare, si distinguono dalla musica, come se qui seduti sul gradino fossimo al riparo. Forse dietro di noi c'è un muro, chissà, che non ho notato. O forse sono le mie orecchie di colpo più acute, come uscendo da una galleria. Ti abbiamo aspettato un pezzo, dico, davanti al bar. Annuisce ancora. Sono stato in Italia, dice, quasi nove mesi. Studiavo italiano all'università. Dopo ogni frase aggrotta la fronte, fa un mezzo sorriso, come stupito di quel che ha detto. Sei laureato?, chiedo, lui ride. Ho vent'anni, dice, e tu?

Beve. Ho molta voglia di parlare con te, ripete. Ora sembra triste. Ho preso un trip, dice. Lo so, rispondo. Se ti incontravo prima, fa, non lo avrei preso. Vorrei essere lucido per parlare con te. Non mi è mai capitato di averne così tanta voglia. Non preoccuparti, dico. Possiamo parlare lo stesso, anch'io mi sento stordito. Se iniziamo a parlare di cose molto piccole, non dovremo temere di dire cazzate.

(31)

Non posso crederci, dice sorridendo. Scuote la testa, beve un altro sorso. Gli guardo gli anfibi neri, lucidi, su cui si riflette un riverbero di luce strobo, dalla pista. Anche sul suo viso una lieve ombra è proiettata, intermittente, come il sole attraverso le foglie, quando sono mosse dal vento. La musica è forte, pompata, e al tempo stesso lontana, come un sottofondo... Sembra di stare dentro un uovo, dice. Sì. Mi sento strano, ho una specie di déjà vu, mi verrebbe da abbandonarmi, fare quello che è già stato fatto. Se mi reincarno, dice, come se mi avesse letto nel pensiero. Poi ride e chiede scusa. No, continua. Se mi reincarno... di nuovo si ferma. Ma non sarebbe una cosa inutile?, obietto. A cosa serve reincarnarsi, se non si ricorderà niente di questa vita? Jerald stringe gli occhi, come concentrandosi. Quali sono i ricordi, chiede, che hai paura di perdere. Io fissando i suoi capelli biondi, umidi di sudore come appena pettinati col gel, dico non so, forse certi momenti che ho passato, quand'ero innamorato. È stata una bella storia? No, rido. Pochi attimi di ebbrezza, e mesi di tormenti. Tutto il tempo ho vissuto in stato d'emergenza. Lui dice sì, lo so, nella storia d'amore ci scopriamo così piccoli. Poi si abbraccia le ginocchia, appoggia il mento, dice mi piace che mi carezzino la testa. Io deglutisco, raddrizzo la schiena. Mi guardo i palmi che di colpo bruciano, come dopo aver battuto le mani. Potrei spegnerli fra i suoi capelli umidi, che sembrano così freschi. Ci guardiamo. Poi c'è un'ombra davanti a noi, alziamo la testa. Marta, diciamo entrambi.

(32)
Eccovi, dice Marta. Poi a me: ti ho cercato ovunque, temevo che te ne fossi andato. Dietro di lei spuntano due ragazzi in pantaloni militari e maglietta oversize. Ti presento Daan, dice Marta, e Peter. Mi alzo in piedi, stringo la mano prima all'uno poi all'altro. Inizialmente mi sembrano identici, quasi gemelli, con bei sorrisi simpatici. Gli sguardi invece sono un po' annebbiati, come se si fossero appena svegliati. Iniziano a parlare con Jerald, che è rimasto seduto. Credo che fra poco andremo via, mi dice Marta. Mi guardo intorno. Di colpo il locale si sta svuotando, come se passato il culmine tutti se ne andassero. È giovedì sera, dice Marta, come per spiegare. Dico mi ha sempre un po' intristito, quando finiscono le serate. È perché finiscono le occasioni, dice lei, e non è detto che domani ce ne saranno altre. Poi ride, dice ma tu di cos'hai paura, sei così carino e intenso. Io scrollo le spalle, come per dire non è vero, ma non posso evitare un sorrisino compiaciuto. Sollevo una mano, le sfioro le ciglia con la punta di un dito. Sono lunghe e morbide, prive di trucco. Sembrano delicate... Ognuno ha parti così delicate, e si vorrebbe toccarle. Jerald si è alzato, siamo di fronte. Quale sarà la sua parte delicata?, forse quella vena ingrossata,

sporgente, che ha sulla tempia. Continua a sudare e le gocce gli scendono dalla fronte. Gli chiedo stai bene?, sì, davvero bene. Sembra appena tornato da una corsa. Anche il suo sguardo ha qualcosa di stanco e insieme soddisfatto, come dopo aver compiuto un'impresa. Mi guarda come ci guarda qualcuno che pensa molte cose su di noi, ma non ce le dirà mai. Lentamente, senza che nessuno abbia dato il segnale, ci avviamo verso l'uscita.

(33)

Fuori c'è un crocchio di gente che parla, ride, si scambia saluti ma senza rumore, quasi sottovoce. Tutto è dolce e smorzato, anche un po' triste. Non so perché questo mi sembra un addio, forse perché Marta non dice più niente, non accenna al fatto di rivedersi altre volte. Metto le mani in tasca, cerco di pensare: tornare a casa, dormire. Io vado di là, dico. Goedenacht, dice Daan, mentre Peter dice dag. Marta mi abbraccia, dormi bene, fa. Jerald è immobile, con le braccia incrociate. Poi dice un attimo, devo tornare dentro. Jerald, lo chiama Marta, e lui ritorno, aspettatemi qui. Marta dice chissà cosa gli è venuto, poi sorride come se lo avesse capito. Io resto indeciso, non so se devo aspettare con loro. Nelle orecchie ho quel fischio di quando si esce dalla discoteca, i rumori mi arrivano un po' distorti, come alla radio quando il segnale è disturbato. Forse per questo non riconosco subito la canzone, proveniente da una macchina ferma poco distante. Il ragazzo alla guida parla con altri sul marciapiede, poi li saluta, accelera via. Quando la macchina ci passa davanti posso sentire: I wonder what you're doin' now... I wonder if you think of me at all... Questa canzone degli Skunk Anansie, dico a Marta, mi fa venire molti ricordi. Marta non sembra avermi sentito, guarda verso l'entrata del locale. Io d'un tratto sono triste, perché in tutta la serata ho dimenticato il mio lutto, ho trascurato il mio dolore, e ora per recuperare dovrò soffrire il doppio.

Jerald ritorna. Ha un foglietto in mano, sorride. Sarei contento, dice, se domani sera vieni anche tu. Mi porge il foglietto. Guardo questo foglietto teso fra di noi, ci sono parole scritte con l'inchiostro blu. È un indirizzo. Succede tutto al rallentatore, sento il braccio pesante, è faticoso alzarlo e prendere il foglietto. Eppure quando ce l'ho fra le dita è così leggero e liscio, come un pezzo di seta. Grazie, dico, un po' confuso perché mi gira la testa. Marta e gli altri hanno dei sorrisi esagerati, come la gente che assiste a una scena d'amore. Arrossisco e dico ciao, a domani.

(34)

A casa bevo un bicchiere d'acqua, mi tolgo le scarpe. È difficile non crollare sul divanetto della cucina, di colpo non ho più forze, come se il corpo sentisse la vicinanza del riposo. Vado in bagno, faccio piano anche se non sono certo che Anne sia tornata. Sono le tre e mezzo del mattino. Allo specchio mi vedo bianco, con la pelle tirata, come di ghiaccio. A certe persone la stanchezza dona, a me non molto. Mi lavo la faccia, quest'acqua calda gradevole che scioglie il ghiaccio, lava via le espressioni. Il mio viso torna neutro, non dimostro più umore, né sensazione. Sfilo le lenti a contatto e divento ancora più indefinito. Sono una macchia sfocata, ho un solo desiderio: andare a dormire. Raggiungo la mia stanza. Amo talmente il mio letto, quando lo ritrovo. Ma non è così semplice. Il fischio alle orecchie non è passato, e nel completo silenzio sembra più forte. È come il suono di un televisore quando finiscono i programmi. Mi rigiro. Se tu ora fossi qui, il tuo respiro basterebbe a riempire il vuoto che provoca questo fischio. Potrei immaginare quel respiro, ma non voglio addormentarmi triste. Chi si addormenta triste fa sogni tristi. Posso pensare altri suoni, rumore di onde, frinire di cicale, foglie scosse dal vento. Molti rumori mi fanno dormire. Il più magico lo ascoltavo da bambino, quando mia madre passava la lucidatrice. Nella stanza accanto mi stendevo sul pavimento, nel rettangolo di sole proiettato dalla finestra. Ascoltavo in estasi quel rumore, mi contorcevo come un gatto, mi addormentavo felice. Non ho alcuna immagine di mia madre che spinge la lucidatrice, solo quel suono. E ho un altro ricordo. Nei mattini d'inverno tenevo gli occhi chiusi per il sonno, mentre mia madre mi vestiva per mandarmi a scuola. La sentivo soffiare nelle mie scarpe per scaldarle, prima di infilarmele. Poi quel tepore che risaliva le gambe. Sento che mi addormento, ripensando a quei soffi. Oggi non ho chiamato mia madre, ma domani me ne ricorderò. Domani la chiamo domani la chiamo domani la...

(35)

Al mattino non riesco ad alzarmi. Mi giro e mi rigiro, mi riaddormento pochi minuti, poi mi sveglio, guardo il soffitto. Non so darmi disciplina, qualcuno, qualcosa, deve impormela dall'esterno. La settimana prossima cercherò un lavoro. Riempirò il mio tempo e soffrirò per il motivo opposto, di sentirmi costretto. Cos'è meglio e cosa peggio, fra la noia e la fatica? Mi alzo a sedere. Piano piano recupero i ricordi: Marta, Jerald, la sua maglietta con l'Uomo Ragno. Cerco le pantofole, vado a far pipì. Cos'avrò sognato per avere il pisello mezzo duro, ancora. Al lavandino me lo lavo, come se avessi appena fatto sesso. In cucina c'è Anne che fa colazione. C'è ancora un po' d'acqua, dice, indicando il pentolino sul fornello. Prendo una tazza, ci metto un cucchiaino di caffè solubile e due di zucchero, aggiungo l'acqua calda. Com'è andata ieri sera?, chiede. Ho ballato, mi sono divertito. Hai trovato la persona che dovevi?, sì, un'amica italiana. Ha gli occhi un po' lucidi ma già così mobili, vivi. E curiosi. Non chiede tanto per dire, penso. Le interessa la mia vita. E se io sono importante, ogni cosa è più importante. Questo caffè è più caldo, lo zucchero più dolce, questa luce più intensa. Non hai conosciuto nessun altro?, fa, con un sorriso. Come lo sai?, rido. Qualcuno ti avrà fatto la corte, dice. La gente che esce da un amore ha una specie di aura, che attira gli altri. Davvero?, chiedo. Avete in faccia una specie di attesa... Nooo, protesto, non sono mica in cerca di storie. Ma non riesco ad alzare gli occhi, guardo nella tazza il caffè nero, la schiuma più chiara. Hai conosciuto un ragazzo?, dice. Uno di qui, olandese, rispondo. Ti piace? Non so. È molto biondo, non ho mai avuto la passione dei biondi. Anne ride, cosa vuol dire?, fa. È la questione del tipo, spiego, uno può essere o non essere il mio tipo. Anne scuote la testa. Posso scommettere, dice, che il tuo tipo non è quello coi capelli di un certo colore, ma quello che ha una certa espressione, che ti guarda in un certo modo.

(36)

Più tardi, sono sul tram per l'ospedale. Mi rilasso sul sedile, ascolto le voci allegre di due ragazzine mulatte sedute dietro di me. Ridono e parlano velocemente, come in uno scioglilingua. Ascoltarle è facile, parlano una lingua sconosciuta e non ho nulla da capire. È come sentire una canzoncina leggera, rilassante. Da settimane le mie orecchie sono tese, all'erta, come aspettandomi di essere chiamato. Anche i miei occhi sono affaticati, brucianti, come dopo una lunga lettura. Se li chiudo vedo sabbia multicolore. Poi li riapro e i colori confusi si dividono in forme: case rosse, bianche, gialle. Fra le case e il mio finestrino ci sono ragazzi in bicicletta, che il tram supera uno dopo l'altro. Alcuni sono così belli, e hanno capelli scuri. Come te. Lo ammetto: desidero i ragazzi che più ti somigliano. Non ricordo nemmeno quali fossero i miei gusti prima di incontrarti, forse non ne avevo ed ero libero. Devo slegarmi non solo da te, ma dal tuo modello. Amare le somiglianze è ingiusto. Le somiglianze deludono o tormentano. Quando Cees morirà, cercherò un amico che mi ricordi lui? Mi prendo la testa fra le mani. È così pesante e vorrei tagliarne un pezzo, non essere più costretto a pensare. A ricordare e confrontare. Tutti quelli che verranno, saranno confrontati con coloro che ci sono stati. Ho amato e per questo conoscerò i fantasmi, sarò sempre schiavo delle persone amate.

(37)

Trovo Cees seduto sul letto, coi piedi nudi sul pavimento. Ha la testa abbassata e posso vedergli fra i capelli il bianco della pelle, e strisce rosse come se si fosse grattato con violenza. Alza la testa, dice ciao. Poi con voce tranquilla: aiutami a stendermi. Da solo non ci riesco, mi sembra di cadere. Dove vuoi cadere?, c'è il letto sotto di te. Aiutami, ripete. Metto sul comodino il sacchetto che tenevo in mano, poi gli sostengo la schiena mentre lui si lascia andare, lo abbasso lentamente. Gli tiro su le gambe. Le sue caviglie sono dure, è come toccare direttamente l'osso. Cos'è successo?, chiedo. A sollevarmi ci riesco, dice, a tornare giù no. Mi sembra di avere una lastra di metallo al posto della schiena, è difficile tenerla in equilibrio, non farla precipitare. Fa un sorriso come per scusarsi. Cos'hai portato?, chiede guardando verso il comodino. È il regalo per te, dico. Tiro fuori dal sacchetto un cactus a forma di salsiccia, sui dieci centimetri, in un piccolo vaso di plastica marrone. L'ho preso stamattina al mercato dei fiori, spiego. Il venditore ha detto che sta per fiorire, ci crederesti?, una piantina così può buttare fuori uno stelo altissimo, con un fiore enorme. Davvero?, fa Cees, con l'aria di prendermi in giro. Sì, insisto, le piante grasse fanno così. Toccalo, gli dico, le spine non sono appuntite, sembrano quasi una peluria. Restiamo un po' a carezzare il cactus, come fosse un cucciolo. Ho preso anche il sottovaso, dico, e sistemo vaso e sottovaso sul comodino. Grazie, dice Cees.

(38)

Le giornate, dice Cees, riesco a sopportare di stare qui. I lavoratori stanno al lavoro, i girovaghi a girovagare... mi strizza l'occhio. E i malati, continua, stanno all'ospedale. Se resto su questo letto, se aspetto che i dottori vengano a visitarmi e le infermiere a misurarmi la pressione, e a prelevarmi il sangue, mi sembra di avere un compito. Il mio compito è aspettare, e offrire il mio corpo alle cure e agli esami. Può sembrare un compito piccolo, ma è sufficiente. È la sera che sto male... Come si fa a stare qui fermo, di sera?, la sera è quel momento in cui tutti smettono i loro compiti. Le serate sono fatte per uscire, per vedere qualcuno, bere la birra, fumare una canna, andare al cinema, camminare, godersi le facce della gente per strada.

Ma il malato non può smettere di essere malato, non può prendersi pause o svaghi. Ti pare giusto? Non mi pesa la sofferenza ma questo senso di esclusione, questo sentirmi fuori dal ritmo della vita comune. Mi sento impotente, non ho altra scelta che essere malato il mattino, malato il pomeriggio, malato la sera e la notte. Dicono che una lunga malattia serva a prepararti, ad accettare l'idea, a fare una specie di corso di preparazione... tutte cose vere, ma solo per chi resta. Io, credimi, avrei preferito un malore improvviso, chiudere gli occhi pensando di riposarli un attimo, e non riaprirli più. Mi ascolti?

(39)

Sì ti ascolto, dico. Ma tengo lo sguardo fisso sul cactus sopra il comodino, come se avessi notato qualcosa di straordinario. Osservo a una a una le spine bianche. Non posso guardare Cees, ho paura che capisca i miei pensieri. Da quando sono ad Amsterdam non ho fatto altro che uscire, bere birra, guardare la gente... tutte le cose che lui desidera. Mi sento in colpa e provo pena per lui. Soprattutto la pena non voglio che lui la capisca, non voglio che lui si veda, così debole e impotente, riflesso nei miei occhi. Ma lui dice guardami, Ettore. È importante che tu mi guardi, altrimenti mi sento già morto. Sposto lo sguardo dal cactus, lentamente, come lasciando un panorama bellissimo. Ecco, ci stiamo guardando. Cees fa un sorriso ampio, come rivolto a molte persone, come davanti a una telecamera. Come il protagonista di un film alla fine del film, quando bisogna sorridere al futuro che verrà e non sarà raccontato, alla gente che si alza dalle poltroncine del cinema ed esce, si incammina verso casa. Non devi sentirti in colpa, dice. Non è colpa tua se tu sei sano e io no. Succede così, si può avere salute o ci si può ammalare. Si può avere o non avere successo, si può trovare o non trovare l'amore. Succedono talmente tante cose diverse, senza che nessuno le possa prevedere. In fondo noi c'entriamo così poco, con quel che ci succede. Siamo come rimorchi attaccati a una motrice, e la motrice non la guida nessuno.

(40)

Più tardi, quando esco dalla stanza di Cees, resto alcuni minuti fermo in piedi. Non so decidermi ad andare. Guardo i riflessi dei neon sul pavimento lucido del corridoio. Passa l'infermiera di ieri, quella che è venuta a rimettere l'ago della flebo nel braccio di Cees. Ci salutiamo con un cenno del capo. È sulla quarantina, ha uno di quei visi calmi e quasi indifferenti di chi vede abitualmente il dolore. Chissà se è sposata, se avrà bambini. Cosa sapranno i figli del suo lavoro?, del fatto che sia pagata per restare qui, ad assistere gente che muore. Ha ragione Cees: ognuno ha un ruolo da indossare e da smettere, continuamente. In questa alternanza, in questo ritmo può trovarsi un equilibrio. Il ruolo più facile, più naturale, è quello lavorativo. Se uno non ha un lavoro vero, lascia che altre necessità occupino il tempo e l'attenzione. Io voglio guarire da un disinganno ma, come Cees, capisco che guarire è un'attività continua, senza riposo. La mia malattia è diversa da quella di Cees perché non mi costringe a restare chiuso, immobile, e perché avrà una fine, forse, diversa dalla morte. Ho la possibilità di un futuro e per guadagnarmelo devo staccarmi dal passato, oppure accettarlo, ammettere finalmente: è andata così, pazienza. Siamo stati insieme, ci siamo baciati per notti intere, come tutti gli innamorati abbiamo avuto la nostra canzone. Ma ora basta. C'è distanza fra noi, incolmabile, dobbiamo avviarci a diventare estranei. Come tutti gli estranei vivere, senza preoccuparci l'uno dell'altro.

(41)
It's been so lonely without you here... like a bird without a song. È sempre la stessa canzone di Sinead O'Connor, che esce dalla stanza accanto a quella di Cees. Si sentono solo quelle due strofe come se il volume fosse stato alzato di colpo, poi più niente. Ma avvicinandomi alla porta sento la canzone proseguire, a volume più basso. Possibile che questa persona non ascolti altro? Forse questa era la sua canzone d'amore. Tocco quella porta oltre la quale c'è qualcuno che non ho mai visto e che forse sta ricordando, come me, e che probabilmente sta morendo, come Cees. Vado via. Fuori si è avviato un vento forte, mi chiudo il giubbino. Spero che non venga anche qui il freddo che c'era in Italia, quando sono partito. E se verrà, spero di avere maglioni abbastanza grossi e coperte abbastanza pesanti. Spero che tutte le mie paia di jeans abbiano tasche capienti per infilarci le mani. Spero che la casa di Anne sia chiusa bene, abbia una buona caldaia. Spero che tutti quelli come me abbiano stanze calde, protette, per ascoltare le canzoni romantiche.

(42)
Salgo sul tram. Resto in piedi e quando riparte, mi aggrappo al corrimano. Dai finestrini guardo fuori la gente camminare al sole. Le loro mani in tasca e i colletti sollevati. È vero, anche qui sta venendo il freddo. Perché non dovrebbe, siamo così a nord. Finché resiste il sole non ci

faremo caso, perché il sole fa pensare che tutto vada bene e che l'autunno dolce continui, come una versione tiepida dell'estate. Incrocio lo sguardo di una donna seduta e ho l'impressione che lei capisca. Alle mie spalle c'è il freddo e questo freddo mi insegue, chi mi aiuterà? La donna ha capelli biondo sporco e occhiaie segnate, come dopo una notte insonne. Continuiamo a guardarci finché mi rendo conto. Ha occhi così chiari che è impossibile non vederci dentro, non vedere il suo ghiaccio ancora più duro, più doloroso del mio. Distolgo lo sguardo con un senso di spavento. Anche questo signore anziano ha occhi stanchi, come di qualcuno che ha passato la vita a fuggire, a precedere di appena un passo la bufera, il ghiaccio, l'inverno freddo da cui non c'è riparo. E uguali sono gli occhi dell'autista, che vedo riflessi nello specchio in alto, sopra il parabrezza. Perché non riesco a muovere il mio sguardo senza incrociare quello di qualcun altro? Guardo fuori ma anche sul marciapiede c'è gente che muove la testa, gira lo sguardo, cerca i miei occhi. Gli altri mi chiamano, ma io non so rispondere. Il tram fa una lunga curva e mi sembra di perdere l'equilibrio, mi aggrappo più forte, per un attimo ho le vertigini come dopo un girotondo. Potrei lasciarmi andare. Cadere in ginocchio e domandare perdono. Finora ho chiesto a molti di vedere la mia solitudine, ma non ho mai visto quella degli altri. Non esiste il mio solo malessere ma un dolore più esteso, profondo, che unisce le persone l'una all'altra come i segmenti di una lunga cicatrice. Questo dolore chiede di essere accolto, compreso nel suo intero, da me che ne soffro una parte. Forse perché la mia parte è ancora piccola e in me c'è altro posto, ulteriore resistenza. Capisco che il dolore è un peso che va diviso, a seconda della nostra forza. Se io fossi giusto dovrei offrirmi, aiutare chi è più stremato.

Ma non credo di essere giusto. Conosco queste parole: giustizia, comprendere, condividere, ma non so esattamente il loro significato, non so a quali atti esse corrispondano. Forse a nessun atto ma a inutili teorie. O forse ad atti che sono troppo coraggiosi perché io li possa immaginare. Intuisco che l'altruismo debba passare attraverso il sacrificio, ma il pensiero del sacrificio mi provoca un'istintiva ribellione. Il miraggio della mia felicità personale è ancora troppo vicino. Essere arrivato a un passo da questa felicità mi fa desiderare, con gli stessi mezzi, un nuovo tentativo, come uno scalatore scivolato giù dalla montagna che si rialza, tutto ammaccato, e riprende da capo la scalata. Rinunciare a questi mezzi... il tempo libero, i miei pochi soldi, i miei oggetti, la possibilità del divertimento, la speranza di incontrare un nuovo amore proprio nei luoghi, che sembrano adatti, del tempo libero e del divertimento. Rinunciare a questi mezzi sarebbe come abbandonare la strada conosciuta per imboccarne un'altra nuova e rischiosa.

(43)

Camminare su questa strada, fra queste persone. Come un angelo vorrei fare luce, stendere la mano, donare la pace. Non sono un angelo. Nessuno più mi guarda. Certo, mi dico mentre cammino, non è necessario pensare a svolte così assolute. La scelta non è fra egoista e santo, fra occuparsi unicamente di sé o completamente degli altri. Far sì che il mio sguardo sia disponibile, attento, che la mia memoria ricordi le esigenze altrui. Non solo di coloro da cui voglio essere amato, ma anche di chi non mi amerà mai. E poi, perché così spesso dimentico chi mi ama già? Cerco un telefono, eccolo. La cornetta emana un profumo buono, femminile. Regalerò a mia madre un profumo, penso, mentre inizio a digitare il numero. Sulle ultime cifre esito, non le ricordo con sicurezza. Alla fine mi accorgo di aver dimenticato il prefisso internazionale, ricomincio da capo. Ecco, finalmente squilla. Posso vederla al tavolo della cucina, mentre si alza, viene verso il telefono. Ancora un passo, risponde. Pronto? Mamma, sono Ettore. Finalmente, dice lei. Mi dispiace, dico, di non averti chiamata prima.

(44)

E il papà come sta?, chiedo. Non ti sento, dice lei, sei lungo una strada? Sì, è passato un tram. Nel ricevitore invece sento un silenzio completo, da casa vuota, ogni cosa immobile, la televisione spenta. Immagino mia madre in piedi all'ingresso, accanto al mobiletto del telefono, la tuta di felpa che indossa sempre in casa, i capelli grigi. Cosa stai facendo? Lavoravo, dice, faccio le modifiche per un nuovo negozio. Accorcio i pantaloni e stringo le gonne. Bene, dico. E tu lavori? No non lavoro, sto cercando. Ma che lavoro cerchi?, da barista mamma, come sempre. Ma stai cercando con impegno, perché sennò voglio dire, tanto vale che torni qua. Lo troverò. Ettore, lo sai che non possiamo aiutarti. Sì lo so, non preoccuparti. Mi arrangio. Se eri a Padova stasera venivi a mangiare. È vero, è venerdì. La serata fissa della cena a casa dai miei. Io, loro, mia sorella col marito e col bimbo. A mia sorella l'hanno aiutata, anche dopo che si è sposata. A me non possono, ma forse è giusto. La libertà si paga. Mamma, resterò qui per un po'. Ma mi manchi, dice. Anche tu mi manchi, ed è così vero. Mi manca, ma è una mancanza sopportabile. Mi è sufficiente sapere che lei vive, non ho bisogno di averla accanto. Almeno mangi?, sì. Non alla tua mensa mamma, ma a quella di altri, o alla mia stessa. So trovare da solo il mio nutrimento. Sono grande e il mio compito è imparare l'indipendenza. Non voglio chiedere nulla e solo a volte, se avrò fortuna, ricevere quei regali spontanei che rendono felici. Riuscire a dare senza mai dover chiedere, non sarebbe questa la condotta perfetta?

(45)

A casa c'è odore di incenso. Sul tavolo della cucina c'è il portaincenso col bastoncino ancora intatto, ma incenerito. Se scuoto appena il tavolo, ecco, la cenere si sfalda e cade. Sul ripiano in angolo, dove c'è il telefono, la lucetta della segreteria lampeggia. Ascolto il messaggio: Ettore, sono Anne. Sono stata a nuotare, ora vado da Cees. Verrò a casa verso le sette, prepari l'insalata e metti a bollire l'acqua, per fare il riso? Lo riascolto tre volte come per capire una parola sfuggita, in realtà solo per il piacere di sentire quella voce. Vorrei alzare la cornetta e poterle parlare. Vorrei richiamare mia madre, vorrei. Da tutta la vita ho l'impressione che qualcosa di importante non sia stata detta. Mi aggiro per la casa, prendo in mano le cose dando il nome a ognuna: penna, bottiglia d'acqua, telecomando, accendino. Ogni nome mi commuove come ritrovando un vecchio amico. Nessun sentimento interno ha nomi così netti ed esaurienti. Quand'ero più giovane potevo immaginare: quello è l'amore, quella la gelosia, quello il rimpianto. I sentimenti li immaginiamo molto semplici, prima di sperimentarli. Oggi in me ho sensazioni confuse, connesse l'una all'altra come i bastoncini dello shangai. Alcune neppure hanno un nome preciso, come questa che provo adesso, mentre cammino da una stanza all'altra senza decidermi a fare niente. Schiaccio il naso contro la finestra e guardo giù, per vedere se Anne ritorna. Poi mi siedo sul pavimento e aspetto.

(46)

Che faccia stanca, dice Anne appena entrata dalla porta. Ho camminato, dico, ho fatto un sacco di strada. Ma ora faccio la doccia e rinasco, vedrai. Ho fatto quello che avevi detto, continuo, ho lavato l'insalata, ho messo l'acqua sul fuoco. Bravo, dice lei alzando il coperchio della pentola, facendo uscire il vapore. Mi sorride. Coraggio, vai a lavarti. Ci penso io qui. Sì. Vado verso il bagno sfilandomi la maglietta. Mi tolgo le scarpe, lascio cadere i pantaloni. Appallottolo i calzini e li lancio in un angolo. Abbasso i boxer, sono nudo. Mi guardo allo specchio, il petto che si alza e si abbassa come dopo una corsa, le coroncine di peli attorno ai capezzoli. Vorrei che Anne mi vedesse ora per dirle vedi, non ho segreti davanti a te. Ho lasciato la porta spalancata e sento la sigla del telegiornale venire dalla cucina. Se tendo l'orecchio, chissà, potrei sentire il rumore del soffritto nella padella. Entro nella doccia, apro l'acqua calda. Queste nuvole di vapore che usciranno, risaliranno il corridoio, si uniranno ai vapori della cucina. Tutta la casa sarà come un bagno turco, con l'odore del mio shampoo e del cibo sui fornelli. Mi insapono seguendo i contorni del mio corpo, braccia, ascelle, pancia. Ho i muscoli così sodi e tesi, di che materia sono fatto? Sono l'uomo-roccia che può proteggere gli altri, portare pesi sulle spalle, sferrare pugni poderosi. Ho gambe resistenti e testicoli così duri, come i nodi di una corda. Chissà se d'ora in poi resisterò a tutto o se andrò in pezzi al primo urto, come una statua di ghiaccio.

(47)
In cucina Anne sta preparando la tavola. Ho fatto una specie di riso alla cantonese, dice. Spero che ti piaccia. La aiuto a mettere le posate e i tovaglioli di carta. La guardo mescolare nella padella, col cucchiaio di legno, il riso bianco coi pezzetti di verdura e di uovo. Siediti, dice. Ha gli occhi stanchi ma la bocca sorride, e i capelli biondi sono così leggeri, si vede che li ha lavati da poco. Com'era la piscina?, chiedo. Si stava bene, c'era poca gente. Ho nuotato quasi sempre a dorso, guardando in alto verso il soffitto. Immaginavo di vedere il cielo. Riempie i piatti di riso fumante. Allora stasera lo rivedi, dice. Io dico chi?, ma ho già capito, ed è come ricordarsi di colpo di una cosa bella, dopo aver avuto tutto il giorno la testa occupata. Forse è questo il senso della sera: concedersi di pensare alle cose più belle. Verso sul mio riso la salsa di soia. Sorrido, continuo a scherzare: chi dovrei rivedere?, lei masticando scuote la testa, e ancora sorride. Dico d'accordo, rivedrò questo Jerald, ma non mi aspetto mica niente. Dove andate?, chiede Anne. Tiro fuori dalla tasca dei jeans il bigliettino di ieri sera, glielo faccio vedere. Lo conosci questo indirizzo? Fa segno di no. Ma ho una piantina della città nella mia stanza, poi la guardiamo. Va bene. Il riso è molto buono, dico, e in questa casa io sto bene. Ieri sera non volevi più uscire. Sì ma sbagliavo. È bello uscire per il piacere di tornare. Una casa accogliente è il trampolino per i nostri voli, e il materasso per i nostri atterraggi.

(48)
È qui, dice Anne, indicandomi un punto sulla piantina della città. È abbastanza fuori, dico. Sì ma ci passa un autobus, e per tornare c'è la linea notturna. Però non sape-

vo, aggiunge, che ci fossero locali da quelle parti. Io dico mah, non sono sicuro che si tratti di un locale. Non ho idea di che posto sia. Guardo la cartina, come se lì si trovasse una risposta. Più tardi, sull'autobus, cerco di richiamarla alla memoria e di identificare le strade che percorro con quelle viste sul disegno. Quando l'autobus si immette in una grande strada trafficata, capisco: dev'essere quella lunga via che, sulla piantina, andava giù dritta fino al limite della piantina stessa. Chiedo all'autista, mi dice di scendere fra due fermate. Non c'è quasi più nessuno sull'autobus, fino a dove arriverà? Giù, non c'è neanche il marciapiede. Sembra una di quelle zone estreme, in cui la città sfuma in non-città. Gli edifici lungo la strada si direbbero magazzini, o piccole fabbriche... Là in fondo, si vede un distributore di benzina. L'autista mi ha detto di tornare indietro e di prendere la prima laterale a sinistra: quella è la via che cerco. Sul ciglio della strada, mi incammino.

(49)

Quando prendo la laterale mi accorgo che è una stradina scarsamente illuminata, con pochi edifici e ampi spiazzi di terreno libero tra un edificio e l'altro. Dove sto andando a finire? Alle mie spalle sento un rimbombo di bassi... poi la luce dei fari proietta la mia ombra, lunga, sull'asfalto. La macchina mi supera. A bordo ci sono quattro ragazzi, con le teste che si scuotono al ritmo della musica, molto alta. Qualche centinaio di metri più in là, la macchina gira a destra. Altre macchine mi superano... da ognuna immagino persone che mi guardano, chiedendosi cosa ci faccio solo, a piedi, in una via del genere. Cosa ci faccio? Cerco amici, persone. Gente che mi aspetta. Qualcuno che mi riconosca, che sappia il mio nome, che accolga il mio arrivo come una cosa gradita. Per questo cammino, in questa strada sinistra, fingendo disinvoltura. Ho le mani in tasca, fischietto. Ora, sulla mia destra, si apre un piazzale sterrato. È qui che le macchine arrivano, parcheggiano. In fondo al piazzale c'è un edificio, dall'aria un po' fatiscente, con gran parte della facciata ricoperta da murales. Torce stradali sferiche, di quelle che di solito segnalano i lavori in corso, sono disposte a terra tracciando una specie di via, che conduce all'ingresso. Sulla porta, seduta sopra una sedia di plastica, c'è una ragazza coi capelli lunghi e verdi, simili ad alghe. Tiene in grembo una cassettina di legno: f 5, c'è scritto sul coperchio. Le do i soldi, li mette nella cassetta. Have a good time, mi dice sorridendo. Spingo la pesante porta di metallo, entro. Nella luce fioca, giallastra, nell'aria piena di fumo e pervasa da una musica dura, incalzante, vagamente metal, esploro il posto. È abbastanza grande, col soffitto altissimo. Di lato c'è un bar, sul fondo un palco, con gli strumenti musicali pronti. C'è molta gente, ma di Marta e Jerald nessuna traccia. Possibile?, mi chiedo, dopo tutta questa fatica... Vorrei sedermi, ma non sembrano esserci sedie. Sono tutti in piedi. Ho già fatto un giro completo, eccomi di nuovo presso l'entrata. Lo sento, ho già una punta di sconforto... Poi noto la ragazza. È girata di spalle, verso la porta, come aspettando di veder entrare qualcuno. Sembra avere in testa una specie di cappuccio. No, sono i capelli infilati sotto la giacca di pelle. È Marta? Mi avvicino incerto. Le sfioro la spalla. Ettore!, grida piena di sorriso, di luce negli occhi. Mi abbraccia. Poi si scosta e con un gesto delle mani si libera i capelli, che le ricadono dietro la schiena, fluidi.

(50)
Oggi avrei voluto chiamarti, dice. Per sapere se eri in grado di arrivare qui. Sono venuto in tram, dico. Jerald sarà contento che sei venuto. Dov'è, chiedo. Fra poco lo vedi. Mi prende per mano come per portarmi da lui. Invece andiamo verso il bar, dove ci sono i due ragazzi di ieri. Daan e Peter, dice Marta, te li ricordi? Certo. Li saluto, stringo le loro mani. Ascolto i loro hey, all right?, we were waiting for you. Accetto la canna che Daan mi porge. Oppure Peter?, si somigliano talmente. Quell'attimo breve sospeso, dei polmoni pieni di fumo. Poi espiro, il fumo bianco dalla bocca come un alito denso e umido. Eppure si dissolve subito, scompare. Restano l'aria, la luce gialla, un certo odore come di legno bagnato. Marta ha in mano una penna e un tovagliolo di carta. E questi?, chiedo. Per scrivermi il tuo numero, dice. Glielo detto. Puoi chiamarmi quando vuoi, aggiungo. Si tira una ciocca dietro l'orecchio, dice lo farò. Sparisce di nuovo, forse per riportare la penna. Passo la canna, dico Peter?, per essere sicuro che sia lui. Annuisce. Le nostre dita si sfiorano, così lisce e dure in confronto alla canna molliccia. Dico I like this place, I'm so glad tonight. Mi piace la mia voce, dopo fumata una canna. È così calda e fluente. Marta ritorna, questa volta con un sacchettino come quello del pane, ma piccolo. Ho comprato i biscotti, dice. Me ne porge uno direttamente alla bocca. È secco e un po' amarognolo, è con la maria?, chiedo. Fa segno di sì. Mi imbocca con un altro. Questi denti che tritano, sminuzzano, questa lingua che impasta e questa gola che inghiotte. In qualche modo mi stupisce sempre: avere un corpo che funziona, un cuore che batte. Con questo corpo essere qui, presente agli occhi degli altri. Con le mie mani stringere altre mani e con la bocca sorridere, dimostrare amicizia. Con le mie gambe stare in piedi, aspettare nuovi spostamenti.

(51)

Sul palco qualcosa sta per succedere. Un lampeggiatore blu inizia a ruotare, come quello di un'ambulanza. Ora le casse mandano una serie di suoni come di qualcuno che accorda le chitarre. Di colpo la gente si fa attenta e si stringe ai piedi del palco. Marta mi prende per mano e dice andiamo, mi trascina avanti, sgusciando fra le persone, fino in primissima fila. Alcuni applaudono e da un punto alle mie spalle una voce di ragazza inizia a chiamare: radioactive! Radioactive lovers! È il nome del gruppo?, chiedo a Marta. Radioactive Lovers, conferma lei, ma non te l'ha detto? Chi?, faccio. È allora che tutti gridano. Alzo la testa, il gruppo è sul palco. Jerald è lì, con una chitarra elettrica a tracolla. Con una maglietta nera simile a quella di ieri, ma senza Uomo Ragno, e un paio di pantaloni verdi militari lunghi fino al ginocchio. È altissimo e bellissimo. Parte un giro di batteria, poi i suoni acidi, incalzanti del sintetizzatore. Jerald inizia a saltare insieme al bassista e al cantante. Anche il pubblico intorno a me inizia a saltare, forsennato, come se tutti non avessero aspettato che questo. Saltare saltare gridare. La batteria che sconquassa e l'atmosfera già calda. Io non posso che restare a guardarlo. Sono ipnotizzato dall'energia, dalla sincronia dei suoi salti, dalla sensazione di elasticità delle scarpe da ginnastica che rimbalzano sulle assi di legno. Quando smette di saltare so che sta per suonare. Il suo braccio nudo così robusto, la mano che esita un solo secondo. Poi si abbassa sulle corde e note acute, violente mi vengono incontro.

(52)

Io non so che musica sia questa. Sembra una sorta di punk con molti suoni elettronici. Elettropunk, si può dire? Io così convinto di sapere tutto, di conoscere i nomi di tutti i generi. Io sono vuoto e ignorante. Lui è lì, sul palco, per insegnarmi mille nuove cose. Coi suoi capelli biondi sparati, forse ingellati, e quell'espressione così intensa, così presente, come un atleta durante la gara. Le prime gocce di sudore gli scendono dalla fronte. Restano ferme all'altezza delle tempie, poi lui scuote la testa e volano via. Sulla caviglia ha un tatuaggio, un simbolo tribale. Ogni gesto che fa, ogni passo che compie, è così naturale eppure perfetto, come sotto la guida di una grande regia. E questa musica. L'ipnosi della batteria elettronica, dei suoni acidi del sintetizzatore, e l'emozione dei giri di chitarra. Ho le braccia incrociate sullo stomaco e la pelle d'oca su tutto il corpo. Ho anche prurito ma non mi chinerò a grattarmi. Resterò a guardarlo per tutto il tempo. Ma perché lui non guarda verso noi? Se non per me, almeno per i suoi amici: c'è Marta accanto a me, e ora ci sono anche Daan e Peter. Ballano, saltano, invocano. Come tutti. Io sono l'unico che non riesce a sciogliersi. Forse perché non ho fumato abbastanza, forse perché sono troppo sorpreso. Non mi aspettavo che andasse così: la musica fragorosa, Jerald sopra un palco. E il mio desiderio impellente di parlargli, dirgli qualcosa che ancora non so.

(53)

E dopo una dozzina di brani tirati, intensi, esaltanti, una dozzina di brani in cui ho visto Jerald suonare, saltare, inzupparsi di sudore, avvicinarsi al bassista per duettare spalla contro spalla, o al cantante per gridare con lui un ritornello... arriva il momento di una canzone romantica. Gli strumenti ammutoliscono, non più batteria elettronica, non più chitarra rabbiosa di Jerald. Solo la voce del cantante e i suoni stridenti del synth, simili a echi siderali. Cos'è questa musica: un canto d'amore in una tempesta di meteore. Il pubblico è muto, trattiene il respiro. Marta mi prende la mano. Io gliela stringo, sento il calore. Poter avere per sempre questo calore che mi sostiene, mi dà coraggio. Poter sentire per sempre questa canzone come un richiamo, una guida verso un punto sempre più vicino. So che non sarà così. Ci saranno momenti, quasi tutti, senza calore e senza richiami. Resterò solo, lo so, nella tempesta di meteore. L'aria mi mancherà e non avrò riparo, non saprò dove andare. Vivrò in apnea. Le occasioni di respirare saranno poche e difficili da ottenere. Sembrerà la fine, eppure resisterò. Tutto è poco e difficile, ma io mi voglio impegnare.

Poi esplode il ritornello, accompagnato da un reef disperato, fulminante della chitarra di Jerald. Le parole così chiare stupefacenti, per me di solito incapace di distinguere, al primo ascolto, le parole di una canzone inglese. Come se io le conoscessi già. Come se il mio dito le seguisse, già impresse da chissà quanto, sulla sabbia umida o sulla neve morbida. I know I am an impure lover. I don't deserve the pure love I ask. I've found polluted friends, I keep on loving, yes... you know this mess will never end.

(54)

Poi di colpo stanno dicendo bye, thank you and good bye, e lasciano il palco. La gente scalpita un po', ma loro non tornano. Il concerto è finito. La pressione sotto il palco si allenta, il pubblico si sparpaglia. Non c'è più nessuno a urlarmi nelle orecchie, nessuna spalla sbatte più contro la mia. Marta è davanti a me, con gli occhi lucidi. Ettore!, che concerto, mi sono emozionata. Io annuisco, stordito, come appena sveglio dopo un lungo sonno, o dopo un sogno intenso. Sbattere le palpebre, mettere a fuoco. Forse ho bisogno delle lacrime artificiali. Vedere queste cose: il palco rimasto vuoto, la faccia entusiasta di Marta, Daan e Peter che si abbracciano, stretti, sussurrandosi nelle orecchie. Sono dolci, dice Marta. Lo sapevi che Peter è il manager del gruppo? Si somigliano, faccio. Quando due stanno insieme, dice Marta, finisce sempre che si assomigliano. Continuo a guardarli. Si vestono uguali, si pettinano allo stesso modo. Hanno gli stessi gesti. Probabilmente prendono le stesse droghe, faranno sempre tutto insieme. Davvero il loro rapporto li ha resi gemelli, o si sono scelti perché già somiglianti?

Ripenso a Jerald sul palco: so di non somigliargli affatto. Ma avrei voluto salire là sopra con lui, muovermi come lui. Avere le sue spalle larghe, le sue mani agili sulle corde della chitarra, perfino il suo stesso tatuaggio sulla caviglia. Conoscere a memoria ogni parte di quel corpo. Perdermi nel suo sguardo come davanti a uno specchio, vederne il fondo, non trovarci più segreti.

(55)

Andiamo a bere?, propone Marta. Ci avviciniamo al bar dove ora c'è ressa, come quella che prima c'era sotto il palco. Stesso calore di corpi, fumo di sigarette, fiati ravvicinati. Ma gli sguardi non sono più rivolti a un'unica meta, né le orecchie a un unico suono. Le persone bevono a piccoli gruppi, parlano di argomenti privati, o gironzolano da sole. Dalle casse ha ripreso la musica che c'era prima del concerto. Questo lo riconosco, è un pezzo dei Nine Inch Nails. Poi mettono Killing Joke, Type O Negative... è musica troppo dura, vorrei protestare. Cancellerà ogni ricordo del concerto, come carta vetrata sopra un bel disegno. Mi guardo intorno per capire se da qualche parte ci sia un dj, o se sia un nastro preregistrato. A pochi metri vedo Jerald. Con una birra in mano e un gruppo di gente intorno. Sembra una di quelle scene: la rockstar circondata dai fans. Dev'essere una conversazione divertente, ci sono frequenti scoppi di risa. Sono gli altri a parlare, si scambiano battute veloci e poi lo guardano, come per vedere se li ha ascoltati. Lui si unisce alle risate, beve la sua birra. È davvero un piccolo re. Il re alza gli occhi e incrocia il mio sguardo. Per un attimo sembra che non mi riconosca. Poi mostra il palmo della mano come per dire aspettami, ora vengo da te. Faccio un mezzo sorriso ma lui già non mi guarda più. Mi sento così stupido. Dov'è Marta?, come sempre scomparsa fra la folla. Daan e Peter chissà. Sono solo, immobile, rigido. Non so se muovermi né dove andare. Potrei fuggire, negare che Jerald mi abbia colpito. Oppure attendere di parlargli. Cosa gli dirò: qualche banalità, un paio di stronzate. Altro non riuscirò. Non ho parole seducenti, non ho frasi memorabili. Le mie parole migliori mi sembra di averle già spese, ai tempi di Nino, come un tiratore con le sue cartucce. Ora sono vuoto, potrei solo ripetere le cose già dette. È questo sentirsi vecchi?, Jerald ha vent'anni. Ha due anni meno di me, mi sembrano un abisso.

(56)

Eccolo. Viene verso di me e non c'è più scampo. Devo affrontarlo, ora, con tutta la mia paura. Di sembrare stupido o di non saper cosa dire. Ciao Ettore. Ciao. Ci stringiamo la mano. Hai avuto problemi all'ingresso? Aggrotto la fronte. Cosa intendi? Voglio dire, ti hanno fatto passare. Scuoto la testa. Non hai detto il tuo nome?, avevo detto di lasciar passare Ettore. Ah, faccio, non ci ho pensato. Hai dovuto pagare, mi dispiace. Non importa, dico, provando a ridere. Poi per cambiare argomento: mi è piaciuto il concerto. Lui fa un sorriso, beve un goccio di birra. Sono contento, ci tenevo che ti piacesse. Ora il suo sguardo è così limpido, disponibile. Sarò capace di avere uno sguardo uguale? Ha un naso dritto quasi perfetto su cui vorrei posare un dito. E qualche lentiggine come quelle di un bambino. Chissà se è di quelli con le spalle lentigginose. Devo dire qualcosa, parlargli... Come mai neanche un bis?, provo. Subito arrossisco, perché mi sembra una domanda stupida. Lui si stringe nelle spalle, come per dire che non c'è risposta. Indica verso il banco del bar, dice ti offro una birra. Okay, faccio. In quel momento ritorna Marta. Eccovi, dice, e mi porge una birra. Nell'altra ne ha una per sé. Che concerto stupendo, dice a Jerald, baciandolo sulla guancia. Lui ricambia il bacio, le passa un braccio sulle spalle e per un attimo la stringe a sé. Poi si sciolgono, ridono. Aspetto che mi guardino, per condividere il loro buonumore. Sembrano così affiatati, da quando saranno amici?

Poi arriva Daan. E con lui Peter. E dopo altri ragazzi, altre ragazze. Marta e Daan mi presentano qualcuno, hi, hi, are you from Italy?, yes, oh I love your country, I went to Riccione last year... Yes. Jerald è immerso in una conversazione con una ragazza mulatta. I loro volti vicinissimi, in un modo meno fraterno che con Marta... quello sguardo che ha lei, forse lo corteggia. E a lui, piaceranno anche le ragazze? Provo a concentrarmi su quel che mi dicono... Pensione Marini, have you ever been? No, I rarely go to Riccione. Continua ad arrivare gente, come le zanzare attratte da una lampada. Jerald è la lampada e io, una zanzara fra le tante.

(57)

Infine la ragazza mulatta se lo porta via, a braccetto, verso un altro gruppo di gente. Quelli che sono intorno a me per un po' continuano a chiacchierare, poi si disperdono, come satelliti senza più gravità. Anche Marta mi trascina da un'altra parte, a conoscere un gruppo di italiani. Altre mani da stringere, altre chiacchiere che non mi interessano. Guardo questi occhi, questi nasi, questi capelli, senza trovare un punto su cui fissare lo sguardo. Ascolto questi nomi, queste frasi, accetto queste canne, mando fuori questo fumo e, a mia volta, queste parole distratte. Non so interessarmi a queste persone, tutte diverse da quella con cui vorrei stare. Marta, ma non capisci. Lei no, non sembra capire, è lì che chiacchiera fittamente. Ha ragione in fondo. Perché tanta paranoia?, non è mica normale, così di colpo, tutto questo desiderio per Jerald. Rifiuto il nuovo giro di canna, respiro forte. Guardo là in fondo, dove c'è lui. Con altri, e con la ragazza mulatta. Essere come lei. Dovrei cambiare, diventare più intraprendente, più impulsivo anche. È una vita che me lo dico, ma cambiare è difficile. Sono cresciuto pieno di cautela. Senza sbilanciarmi, restando sulle mie. Ho sempre avuto paura di perdere quello che avevo o di acquistare qualcosa che non avrei saputo mantenere. Adesso forse è il momento di chiedermi: cosa ho paura di perdere? Non possiedo nulla in maniera stabile. Gli oggetti invecchiano, i soldi vengono spesi o rubati, e i rapporti cambiano. La storia del mio possesso è fatta di soli attimi e nessun attimo è garanzia di quello successivo. Per questo dovrei imparare a rischiare. Ma il rischio è come un salto, per spiccarlo occorre forza nelle gambe. Io nelle gambe ho solo prurito. Un prurito fortissimo che mi fa chinare, per grattarmi con foga.

(58)
Viene un cane verso di me. Un bastardino nero col muso bianco. Di certo si avvicina perché mi vede accucciato, scodinzola, si lascia accarezzare. In questi posti ci sono sempre cani. Mi lecca la mano con la lingua piccola e ruvida. Alzo gli occhi per dire Marta, accarezzalo anche tu. C'è Jerald. Sei come il sole tra le nuvole vorrei dirgli, scompari e riappari. Vorrei poterlo prendere in giro, scherzare con lui. Ma è un estraneo ancora. Mi alzo. Ho un capogiro, come quando si ha la pressione bassa. Non mi pareva di aver fumato così tanto. Jerald non può essere venuto per me, sta già chiacchierando con gli altri, in italiano. Ogni tanto mi guarda ma con sguardo così neutro, come chiedendosi chi sono. Eppure prima mi ha sorriso, è venuto a salutarmi. Ma non vuol dire niente. Bisogna sforzarsi di ammettere che certe cose non significano niente, certi segni non sono segni, non tutto va interpretato. Uno sorride e ti viene a salutare perché in quel momento gli gira così, nient'altro. Mi sento talmente vuoto, come da ragazzino quando non riuscivo a stringere amicizia con chi volevo, coi compagni più grandi e più ammirati.

Me ne vado. Cosa staranno pensando, che vado al bagno oppure al bar. Che ritorno subito. Marta senz'altro lo pensa. Domani mi chiamerà, se avrà voglia di rivedermi. So che non è onesto. Non si scappa via così. Ma non potrei sopportare i commiati, la cerimonia dei saluti. Mi sento bollente, ho bisogno d'aria. Cosa mi succede? Il cane mi sta seguendo, raus, vattene via. Si ferma, mi guarda andare. Ecco, sono fuori. Fa così fresco, mi vengono i brividi. Vado verso la fermata, ci sarà un tram o un autobus notturno? Quasi non riesco a camminare, dai brividi che ho. Ho patito un tale nervosismo. E di certo mi sto ammalando, me lo sento, queste gambe molli e questa testa stordita.

(59)

Sono fortunato, ecco là i fari di un autobus. Si avvicina. Allungo il braccio in fuori ma quello non rallenta. È già quasi alla mia altezza, agito entrambe le braccia in alto, come salutando un aereo. L'autobus finalmente frena, si ferma qualche metro più in là. Lo raggiungo di corsa. Che fatica con queste gambe, mi sembra di metterci un'eternità, come nei sogni quando si corre ma si resta sempre fermi. Gli scalini ripidi dell'autobus, la penombra azzurrina che c'è all'interno. A ogni scalino mi sembra di mettere radici, quando sollevo il piede le radici si strappano e sento un piccolo crampo, ma al tempo stesso una scossa calda, piacevole. Sono sopra, mi aggrappo al corrimano. Dietro di me la porta si chiude con un tonfo, come quello di un mantice. Un'ondata di calore mi sale dalle gambe, violenta, e sale fino alla testa. Allora, come un ricordo che torna improvviso, mi vengono in mente i biscotti offerti da Marta. Mi giro di scatto ma la porta è chiusa. L'autobus riparte. Calma, devo restare calmo. Per un paio di biscotti alla maria, figurarsi. Ma non è bello essere in giro da solo, quando sale l'effetto di una droga. Mi siedo sul sedile, sono pieno di brividi e di crampi, perché sono contratto. Rilassati, rilassati. Se restavo là, maledizione, a quest'ora Marta se la starà godendo, starà ridendo come una pazza, piena di euforia. Con Jerald, magari. Io qui, nell'autobus buio e vuoto. C'è solo un uomo a qualche metro, su un sedile della fila di fronte. Ha capelli e baffi rossi e un giubbetto di cuoio. Perché mi guarda?, cosa vuoi brutto stronzo. Continuo a tremare, guardo fuori dal finestrino. Quanta strada mancherà?

(60)

Poi i brividi passano. Il calore smette di arrivare a scosse intermittenti e si diffonde uniforme, come bevendo un tè bollente, dal centro dello stomaco al resto del corpo. Col calore c'è un senso di piacere come un leggero solletico. Il sedile è più morbido, accogliente. Pensare a come ho corso affannosamente per salire sull'autobus, non posso crederci!, dovevo essere ridicolo. Poteva essere la scena di un film: la macchina da presa sull'autobus, io che guardo incredulo in macchina mentre vengo superato, poi io che corro goffo verso l'autobus, salgo i gradini, mi aggrappo al corrimano, col fiatone, la faccia arrossata. Che scena ridicola, me la vedo così precisa, come la stessi davvero guardando e riguardando col videoregistratore. Più ci penso e più mi viene da ridere. Incrocio lo sguardo dell'uomo coi baffi rossi, mi rendo conto: lui l'ha vista proprio così, tutta la scena. Non posso resistere, scoppio. Lui mi guarda e sorride, come per capire. Io guardo fuori dal finestrino e cerco di ricacciare indietro la risata, ma non ci riesco. Anche se penso ad altro, è tutto così ridicolo: le auto che passano in direzione opposta, i cartelli stradali, gli alberi al bordo della strada. Ogni singola cosa mi fa ridere, come in un film comico in cui si aspetta, da un momento all'altro, il colpo di scena esilarante. Devo smetterla, che figura faccio, chiudo gli occhi e mi dico basta, questa è la marijuana, è solo la marijuana e non c'è niente da ridere. Ma non riesco a smettere. Sento il dolore agli addominali, le guance intorpidite, gli occhi umidi e dico basta, faccio un infarto, è un pensiero abbastanza triste un infarto? No, rido ancora di più. E quando mi accorgo che anche il tipo coi baffi, contagiato, si è messo a ridacchiare, a quel punto dico no, questa è la fine, sento la nuova ondata di riso salire dalla pancia, violenta come un conato.

(61)
Giù dall'autobus respiro, respiro. Sono sceso apposta qualche fermata prima. Il fresco sulla faccia, il venticello che provoca un leggero sibilo nelle orecchie. Mi incammino. Ogni tanto sale una risata come un colpo di tosse. E come un colpo di tosse la soffoco nel palmo della mano. Non voglio farmi vedere. Sono normale, normale. Qualche bici qualche passante sul marciapiede largo, si vede che ci siamo riavvicinati al centro. Andiamo da quella parte, sì. Sbrigati, sei così lento. È che ho le gambe così intorpidite, è tornata quella sensazione di camminare come in sogno. Con chi parli?, con te. Siamo sempre in due quando siamo fuori. Ma se siamo in due allora siamo ancora molto, molto fuori. Lo sdoppiamento è fra gli effetti che più detesto. Stai calmo, stai calmo. C'era solo maria in quei biscotti o altro? Stai calmo, ti ripeto. Goditi questa città, guarda questo canale. Sembra di essere a Venezia. Ecco, appoggiamoci un attimo a questo parapetto. Che meraviglia l'acqua che riflette i lampioni. Ma se sto fermo la tensione dei muscoli sale, mi fanno male. Guarda dall'altra parte, c'è un pub aperto. Attraversiamo il ponte, dai. Mi avvicino. Dalla vetrina si vede che è un pub molto grande, come quello in cui lavora Anne. Ma è semivuoto. Un momento, sapresti arrivarci al pub di Anne? Panico, ho perso l'orientamento. Odio questo istante in cui c'è solo paura. Stai calmo che a casa ci arriviamo, basta andare di là, sempre dritto verso Rialto. Non siamo a Venezia ti dico! Sì d'accordo. Allora, ci entriamo in questo pub?

(62)
Dentro il pub c'è una canzone degli U2. I still haven't found... Io so benissimo cosa sto cercando. È l'unica cosa che mi farebbe star bene. So che il mondo non è un ro-

manzo d'amore, ma la solitudine offusca ogni cosa. Do you need something?, where is the toilet chiedo. Mi fanno un gesto verso il fondo del locale. La gente ai tavoli mi sta guardando o no? Faccio finta di niente. Sono nel bagno. Mi sciacquo la faccia e poi mi guardo. Le occhiaie profonde e il naso schiacciato, la bocca stretta e allungata, come fossi ripreso da vicino col grandangolo. Questo film è un film del cazzo. Il mio dolore è così reale. A Jerald non interesso e Nino non mi vuole. Nessun abbraccio su cui contare. Cosa fare quando ci si accorge: non sarò mai sicuro, non sarò mai protetto... Qualcuno entra nel bagno. Mi ricordo che devo pisciare. Ci sono due orinatoi affiancati, mi accosto a uno dei due. Mi slaccio i bottoni dei jeans e tiro fuori il cazzo. Quel momento di perfetto relax, di quando la pipì comincia a uscire. La tensione si scioglie e defluisce. Il tipo che è entrato si accosta all'altro orinatoio. L'odore di cuoio del suo giubbetto. Con la coda dell'occhio lo riconosco, è il tizio che c'era prima sull'autobus. Non mi ero accorto che fosse sceso anche lui. Poi vedo in basso una specie di bagliore, guardo, ha un piercing che gli trafora il glande. Come si fa a pisciare con un piercing sul cazzo, senza spruzzare come una fontana? Non posso saperlo perché non sta pisciando, si tiene soltanto l'uccello in mano. Io me lo scrollo e anche lui se lo scrolla. Perché, se non ha pisciato? Poi si gira verso di me, ha l'uccello mezzo duro. La scossa improvvisa, violenta dell'eccitazione mi colpisce alla nuca, mi fa sentire la pelle del viso come tirata all'indietro, quasi sul punto di spaccarsi sulla fronte e intorno alle labbra. Resto impietrito mentre lui inizia a masturbarsi. Il suo sorriso complice, come sicuro che lo stessi aspettando. I suoi baffi folti che nascondono le labbra. Sento il battito del cuore in ogni singola vena, sui polsi, sulle tempie, sul collo. Anche sul pube. Ma ho il cazzo rattrappito e non si rizzerà. La sorpresa, l'odore dell'orinatoio, il suo giubbetto di cuoio, tutto mi sembra così violento. Non fa per me, vorrei spiegargli. Ma non dico niente e mi rimetto dentro il cazzo, gocce di urina mi bagnano le mutande. Sono fuori dal bagno, fuori dal pub, sono fuori in strada, cammino forte. Ho paura che mi segua e non mi giro. Il batticuore è così forte e non ho più fiato.

(63)

Stai calmo, giù di qua va bene, manca poco a casa. Mi segue o non mi segue, non girarti, non sento passi, non sento niente. Questo vicolo è buio. Faccio passi avanti ma il mio corpo non mi segue, cosa succede, il mio corpo si ribella, ha il batticuore e vuole star fermo, il mio corpo è un animale e va addomesticato, accarezzato, come un cane va condotto al guinzaglio, da bravo, seguimi dai. Io e il mio corpo cerchiamo un dialogo ma non è facile convincerlo, bisogna tirarlo e dargli qualche strattone, mi segui o no brutta bestia, vieni forza, va tutto bene sai. Un'altra strada luminosa. Un minimarket notturno, la vuoi la cioccolata? E le patatine? Schiaccio il naso contro la vetrina, guardo negli occhi il negoziante. La sua faccia magra sotto i neon bianchi. Vorrei dirgli vedi, sono pieno di problemi, il mio cane non mi ubbidisce, e un uomo mi insegue. Cosa puoi consigliarmi? La strada è deserta e il mondo sembra cattivo, quando nessuno comprende il nostro male. Il negoziante esce sulla porta e dice ehi, are you all right mister?

È notte. La solitudine è una morsa che mi stringe, aumenta con le ore. Questo peso soffocante. Ho riso tanto senza risultato, ho ancora tutti i miei veleni. Poter piangere fra le tue mani. O in quelle dolci di mia madre. Molte volte ho ferito mia madre: i giorni che mi invitava a pranzo e non andavo, le volte che non telefonavo, tutti gli anni che non le ho fatto gli auguri di compleanno. Le cose non fatte sono a volte le più gravi. Sono arrivato. Sono addosso alla porta e non trovo le chiavi. Le mie tasche così profonde, non riesco a trovarci niente. O le mie dita troppo corte? Anne, aprimi. Lo so che non sono un vero altruista. Ma ti prego fammi salire. Mi accascio sullo scalino, sono privo di scheletro. Sono privo di forza e anche di materia. Non sono più un uomo ma una specie di spirito. Un bisbiglio, una voce che prega, un richiamo che risale il legno della porta, i muri le finestre, scuote i vetri per svegliarti. E dice Nino, mi senti?, Nino, Nino.

(64)

Ci si sveglia e si resta immobili. Nella poca luce dalla persiana semi-abbassata, si guarda il soffitto biancastro. Il lampadario rotondo di carta marroncina. Il proprio respiro è calmo e le gambe un poco dure, come dopo una lunga camminata. L'impressione di aderire completamente al materasso. Cos'è la pigrizia: l'attesa di un'illuminazione o di una qualche novità. Oppure solo l'assenza di azione, la preferenza per la sensazione, l'ascolto passivo e silenzioso. Né bene né male. L'azione è sempre nel bene o nel male ma la sensazione è perfettamente neutra. Ora non faccio giusto né sbaglio. Resto qui. Su questo letto comodo, fra le lenzuola blu. Poi provo a ricordare ed è già un'azione, irrimediabile. Gli occhi mi fanno male come fissando un bianco accecante. Lì, ombre in controluce, ci sono i fatti di ieri sera. E lì ci sei tu, enorme e spaventoso come un ragno in attesa. Ieri non ti vedevo ma ora sì. Come ho potuto ingannarmi: sperare talmente in Jerald, credere che lui potesse bastare. Che l'ossessione per te fosse già finita. Sono un ingenuo. Vivo nell'incoscienza, come in differita. Quello che accade mi è chiaro soltanto dopo. Un giorno un mese un anno. Il ricordo è il mio unico modo di capire. Non so nominare ciò che provo ma solo ciò che ho provato. Il passato è così evidente, il presente non è mai lucido.

(65)

Mi alzo perché ho fame. Ho le budella contratte come se non mangiassi da giorni. Indosso un paio di pantaloncini e prendo gli occhiali da sopra il comodino. Vado verso la cucina. Il pavimento freddo sotto i piedi nudi, la luce forte un po' tagliente dalle finestre aperte. In cucina trovo Anne. È seduta al tavolo e beve da una tazza, guardando la tivù con l'audio basso. C'è gente che ha sempre la stessa faccia e gente che cambia, è un colpo bella un colpo brutta. Stamattina Anne è brutta. Ha gli occhi arrossati e le labbra screpolate. I capelli in disordine come dopo una passeggiata al vento. Alza lo sguardo e dice Ettore, hai fatto un sacco di rumore stanotte. Con un tono irritato che non le ho mai sentito. Resto immobile sperando che rida, che dica sto scherzando. Poi mi volto e vado in bagno. Faccio pipì cercando di pensare: ho fatto così tanto rumore?, non ricordo molto di come ho fatto a salire in casa, a spogliarmi e infilarmi a letto. Se il ricordo è la mia forma di conoscenza, l'amnesia mi lascia nel buio. Tiro l'acqua pensando dio, vorrei affogare in questo sciacquone.

Quando torno in cucina Anne dice scusa. Prendo una tazza e ci metto latte e cereali. Mi siedo di fronte a lei. Sono uno straccio, dice, non ho dormito tutta la notte. Cos'è successo? Niente di particolare. Ma poco dopo aggiunge: ho una specie di presentimento. Mi sento ghiacciare. Vuoi dire... Ho chiamato l'ospedale, mi rassicura, hanno detto che non è successo niente. È stabile. Bevo un goccio di latte. Poi la sensazione del cucchiaio duro e metallico in bocca, il sapore granoso dei cereali. Cosa vuoi che succeda, provo a dire, senza convinzione. Perché ogni volta la mia voce mi tradisce? Anne si massaggia le tempie con le dita, dice mi sta scoppiando la testa. Resta un silenzio come se io dovessi rispondere, ma non so più cosa dirle.

(66)

E adesso una bella doccia. Ci vuole per snebbiarmi. Anne è uscita, è andata da Cees. Più tardi ci andrò anch'io. Mi spoglio, resto davanti allo specchio. So giudicare il mio aspetto. Sono uno di quei tipi carini che a volte, con la luce giusta, con l'abbronzatura giusta, con la maglietta giusta possono anche sembrare belli. Niente di più. Se penso a Jerald e al suo naso drittissimo, e quell'aria sportiva... Al braccio forte e alle caviglie nude, al tatuaggio. Mi sfioro il cazzo. È già duro. Immagino Jerald che si toglie la maglietta, si sfila i jeans. Ha dei boxer bianchi con l'elastico nero... Rivedo te che esci dalla doccia. L'asciugamano intorno ai fianchi e il tuo sorriso bianco, i capelli gocciolanti, mentre mi chiedevi di spalmarti la crema. Era sempre una scusa per fare l'amore. Se questa mano fosse tua, se... se Jerald se... poi rivedo gli orinatoi, sento l'odore del giubbetto di cuoio, vedo il cazzo e i peli rossicci. Prima di respingere il pensiero sono già venuto. Non posso farci niente. Sto sputando le ultime gocce e il mio respiro rallenta.

Guardo per terra. Questo sperma. Poteva essere per te,

finire sulla tua pancia o sul palmo della tua mano. Poteva entrare nel tuo corpo come le onde nella fessura di uno scoglio. Ma è sul pavimento, sprecato. Con un po' di carta lo asciugherò. Mi masturbo dai tredici anni ma non mi ero mai accorto di quanto fossi solo, mentre lo faccio. Il mio piacere esce dal corpo e lì finisce. Solo nel corpo dell'altro avrebbe trovato un senso, celebrato uno scambio. Questo piacere svanisce senza tracce né ricordi. Nessuno ricorderà i miei sospiri o l'odore della mia pelle. A nessuno ho sussurrato vengo, sto venendo, con la dolcezza di un ti amo.

(67)
Dopo la doccia lo specchio appannato. L'asciugamano di spugna e le ciabatte di gomma. Apro il vetro della finestra, l'aria sembra fredda. Il vapore è già scomparso e io rabbrividisco. Il bagno è quella stanza che in un baleno cambia. Caldissima o glaciale, accogliente o squallida. Un tubetto aperto di dentifricio sulla mensola, un capello nel lavandino, trasmettono familiarità oppure ripugnanza. Nel mio bagno tu lasciavi delle tracce. Lo spazzolino da denti, il tuo deodorante... In camera invece qualche vestito. Ero contento perché erano una promessa di ritorno. Anch'io lasciavo tracce, più numerose, a casa tua. Quando ci lasciammo fu uno strazio venire a riprendere le mie cose. Di alcune non ricordavo neppure: è tua questa maglietta?, è mio o tuo questo libro? Un anno è sufficiente per questo tipo di confusione. Mi sembrava così bello perdere la proprietà individuale delle cose. Tu quel giorno rispondevi seccato e dicevi mio, tuo.

(68)
Una settimana dopo andai ai giardinetti. Era pomeriggio e dei ragazzi giocavano a pallone sul prato. Sotto il sole mi muovevo come un sonnambulo e i pensieri mi capitavano in testa di colpo, come i fari di una macchina che spuntano dalla nebbia. Cosa facevo lì?, camminare, cercare. Volevo del fumo. Si fermò un ragazzo marocchino che in realtà era tunisino, ma io allora li confondevo. Era in bicicletta, avrà avuto sui diciotto, forse vent'anni. Sorrideva. Con quegli occhi grandi era davvero bello. Gli chiesi se aveva fumo e lui fece uno schiocco con la lingua, come di disappunto. Poi tornò a sorridere. Io non ne ho ma posso chiedere ai miei amici, disse, e te lo darò gratis. Scossi la testa, confuso. Lui si era allontanato e tornò dopo un minuto. Mi mise in tasca un pacchettino. Cosa vuol dire, chiesi. Lui disse vuol dire che diventiamo amici.

Successe quasi incoscientemente. Avevamo fumato un sacco. Distesi sul mio letto, appoggiai la testa sulla sua pancia piatta. Mi carezzò i capelli. Gli leccai l'ombelico e lui rise, ma non mi scacciò. Poi si abbassò le mutande bianche e guidò la mia mano sul suo cazzo. Si sollevò, mi fece roteare e adesso era lui sopra di me, a cavalcioni. Poco dopo avevo la pancia inondata di sperma, il mio e il suo. Guardavo quelle gocce che scivolavano dai miei fianchi, mi sembravano una novità. Come la prima volta che vieni e ti chiedi è questo lo sperma?, con questa consistenza, con questo odore? Ettore, disse, e io dissi Mohnsen, cercando di dimostrare la massima tenerezza. Non capivo come stavo, se mi era piaciuto o no. Volevo fidarmi di quel ragazzo il cui unico peccato era, naturalmente, di non essere te.

Per un po' ci siamo visti. Era un ragazzo così galante. Non so se in lui la gentilezza fosse naturale o se capisse il mio momento difficile, usando con me la sollecitudine che si usa di solito ai convalescenti. Mi portava la frutta dal mercato e sempre un po' di droga. Fumo e altre cose. Belli fatti, era grande fare l'amore. Riuscivo anche a smettere di pensare il tuo nome, mentre venivo. Non credo che ci sia del male. Penso che la droga sia una specie di protesi per arrivare alle sensazioni di quando eravamo interi, alle quali non sappiamo più arrivare da soli. Come la gamba finta di chi ha perso quella vera.

Poi un giorno facevamo insieme il bagno, Ale per sbaglio entrò e ci vide. Scusate, disse, e una barriera sembrò dividermi da Mohnsen, mi passò la voglia di fare l'amore. Cosa unisce due corpi senza amore profondo: vincoli fragili, che qualsiasi intrusione, qualsiasi imbarazzo facilmente spezza. Si asciugò, si rivestì e se ne andò. A domani, disse. Il giorno dopo sono partito.

(69)

Camminerò. Su questa strada e fra questa gente, ragazzi biondi ragazzi mulatti, superato da mille biciclette, davanti alle vetrine di negozi in cui le commesse sorridono porgendo il resto. Camminerò verso il centro, guarderò ogni cosa. Invecchiare in questa città: come sarà una cosa del genere? Non so decidere del mio futuro. Penso che forse verrà un uomo che un giorno dirà ti amo, vivi con me. Questo è il mio sogno ma il futuro non è solo questo. Coniugare le esigenze: la ricerca di un lavoro, riprendere gli studi, la necessità di viaggiare, forse fare del volontariato, cercare la leggerezza, raggiungere la profondità, stringere legami, la mia libertà, il bisogno di stare solo e il bisogno degli altri... Sono sempre in bilico fra desideri opposti. Realizzarne uno esclude gli altri, e non mi riesce di sentirmi completo. Ci vuole molta forza per agire nei sentimenti contrastanti. Io vorrei dimenticare ma non faccio che ricordare. Padova e tu e chiunque io abbia perduto. Ho ricordi così netti che sembrano togliere importanza al presente. Non posso continuare così. Ogni momento che vivo penso di viverlo altrove. Ogni volta una nostalgia mi strappa dal presente, dal qui e ora, mi fa desiderare un altro qui e un altro ora. Quelli in cui io sono con te. Quelli in cui tutto sembra più intenso. Ma così non va, non si può. Che cos'è la maturità, penso mentre mi fermo ansimante in mezzo al marciapiede, come dopo chissà quale lotta: che cos'è la maturità, è accettare il mio presente, accettare di essere qui, ora, escludere i rimpianti, non lasciare che blocchino la mia vita.

(70)

Compro dell'acqua perché ho sete. Dei biscotti morbidi che porterò a Cees. Potrà mangiarli?, sono giorni che lo nutre la flebo. Ora dopo ora, la sopravvivenza gocciola lungo un tubicino di gomma. Posso pensarci: ogni dieci dei miei passi, una goccia nel suo sangue. O forse ogni cento o forse ogni mille. Accelero perché di colpo ho fretta. Pensare a Cees mi fa venir fretta come la morte mi fa pensare che non devo sprecare. Ma cos'è lo spreco?, il tempo è pieno di sorprese. Singoli minuti contengono vita e interi anni ne sono privi. Tutto quello che so è che nella vita ho delle possibilità. Queste possibilità sono come cartoline sparse sul tavolo di un negozio, ognuna con la sua invitante veduta. Io devo scegliere quali comprare e solo dopo che le avrò comprate, scoprirò se posso raggiungere quei posti che raffigurano. L'amore è una cartolina fra le altre. L'amore è una possibilità e se è possibile sceglierlo, è possibile rifiutarlo. Che sia necessario è falso, è necessario ad alcuni ma non a tutti. Nino ha scelto: può vivere senza. O per lo meno senza di me. So che d'ora in poi, ogni persona che incontrerò potrà benissimo scegliere di fare a meno di me, e vivere ugualmente felice. Questo pensiero ferisce a sangue il mio narcisismo, forse lo fa morire. Da questa morte tento di risorgere. Meno ingenuo e più adulto.

(71)
Cees lo trovo che dorme. Mi avvicino per guardarlo e ha un aspetto così calmo, come un neonato nella pace della sua culla. Le sue guance così rilassate, che non sembrano neanche scavate. In questo momento è tornato bello. Mi avvicino ulteriormente per sentire se respira. Sì. È debole ma c'è. Cosa starà sognando. Qualcosa di bello per avere questo viso. Continuo a guardarlo come se il mio sguardo potesse servire a proteggere il suo sogno, il suo respiro debole ma quieto. Non posso pensarlo: che Cees sia condannato e che non abbia ritorno. Quest'assenza di rimedio mi lascia senza fiato. Non so come reagire. Che Cees dorma è quasi un sollievo, perché neanche a lui saprei cosa dire, come ad Anne stamattina. Di fronte all'idea della scomparsa, ogni parola che potrei dire mi sembra banale. Non ho che gesti, piccolissime azioni: guardare, carezzare lievemente la sua mano. Offrire la mia impacciata presenza. Estrarre dalla mia borsa a tracolla i biscotti che ho comprato, poi la bottiglia d'acqua, bagnare con qualche goccia il cactus sul comodino.

(72)
Andrò a prendere un caffè. Fuori dalla stanza di Cees c'è un uomo. Ha la schiena curva, guarda in basso. Si sostiene al palo della flebo mobile e forse altrimenti non starebbe in piedi. Le dita bianche e magre che stringono l'asta di acciaio. L'altra mano è dietro la schiena e in quella posizione sembra assorto. Accanto c'è la porta aperta della stanza, da cui esce la canzone: I said nothing can take away these blues... L'uomo alza gli occhi, gli dico goedemiddag. Lui dice ciao, sono italiano. Siamo di fronte. Sento di dover restare, come quando si incontra un vecchio conoscente. Quando c'è la curiosità di chiedere come va, cosa fai di bello adesso. Dico mi piace la canzone che ascolti. Lui dice è l'unica canzone che ho. Non c'è nessuno che ti porti dell'altra musica? Scuote la testa. Ha pochi capelli, lunghi e sottili. Quanti anni hai?, mi viene spontaneo. Ventinove, risponde. Se ti mostro la mia foto di un paio d'anni fa, non ci credi che sono io. Biascica le parole, come se avesse la lingua gonfia. Sulle labbra e sul mento ha uno sciame di piccole chiazze bianche che quando parla sembrano muoversi, come insetti in marcia verso l'interno della bocca. Quest'uomo è abitato da mille infezioni, mille parassiti. È naturale desiderare di fare un passo indietro, lasciarlo solo, dire qualunque cosa tu abbia, tientela per te. Abbandonare è un istinto vitale. Deglutisco. Io sono Ettore, dico. Non gli porgo la mano, ma solo perché non voglio che debba lasciare il suo sostegno. Lui mi guarda con un leggero movimento delle pupille, come spostando lo sguardo dall'uno all'altro dei miei occhi. E io, dice, mi chiamo Coro.

(73)

Stiamo camminando. Lungo il corridoio, molto lentamente, nell'andirivieni di infermiere indifferenti. Coro ansima ma non sembra voglia fermarsi. Avrei delle domande. Da quanto tempo è qui e perché nessuno gli porta la musica. Cosa dicono i dottori? Ma è lui che chiede: perché sei qui? Credo sia il suo modo di fare. C'è chi sopravvive raccontando la propria storia e chi invece chiede la storia degli altri. Rispondo: c'è un mio amico... Questo lo so. Ad Amsterdam dico. Ero deluso, sono partito... Spiegami. E allora racconto. Non tutto, sarebbe impossibile. Accenno dei nomi: Nino, Jerald, Cees. Racconto dei frammenti, singole sensazioni: le volte che ti chiamavo e non ti trovavo, il tuo telefonino era spento, e io pensavo che lo facessi apposta. La notte che camminavo verso casa, piangendo, dopo che mi avevi detto di andarmene. Il pensiero di partire che si fa strada lentamente, come un piccolo tarlo. Il corpo di Mohnsen che accarezzavo senza nessun senso di reale contatto, come una sorta di ologramma. E Jerald. I suoi capelli biondi che avrei voluto toccare, annusare. Il vuoto di questa giornata in cui mi sento un relitto. Dove mi spingerà la corrente? Sono così indeciso. Forse l'unica cosa è andare in stazione, attendere il primo treno per l'Italia. Io non credo, dice Coro. Siamo arrivati alla fine del corridoio dove c'è un salottino, lo aiuto a sedersi su un divano. Chiude gli occhi, respira. Poi li riapre e io sono lì. So che in lui c'è saggezza. Per questo aspetto, fiducioso.

(74)

Io non credo che tu debba ripartire. Sei ancora nel pieno della tua ossessione. Stai cercando la scusa per poter rivederlo! E a cosa ti servirà? Lo incontrerai e cercherai di fargli capire quanto sei cresciuto. Intanto lo guarderai e immaginerai un secondo senso in ogni suo gesto, in ogni sua casuale parola. Farai un bel pieno di illusioni stupide. Resta qui a rifarti le ossa. Ma in modo realistico. Tu credi che gli amori siano come le liane di Tarzan, vorresti passare dall'una all'altra per attraversare la foresta. Non si può sempre. A volte ci si lancia e non si afferra niente. Allora si cade nel vuoto. E bisogna saper rialzarsi. Non puoi pretendere di uscirne illeso!, con tutto il tuo romanticismo. Hai già cicatrici che non puoi cancellare, non le vedi?, e così dicendo indica la mia bocca. Fa un gesto in giù come per imitare una cicatrice. Che mi taglia il labbro e lateralmente il mento. Mi tocco, non sento niente. Eppure capisco. Dove il mio corpo si congiungeva al suo, lì ho le ferite più gravi. Per ogni bacio un millimetro di taglio. Smetteranno di sanguinare e forse anche di far male. Ma resteranno. Si vedranno. Come tatuaggi che non sapevo di accogliere.

(75)

Grazie Coro. Grazie Cees. Grazie a tutti voi. Ogni persona che incontro mi scrive addosso qualcosa di nuovo, come una lavagna in un'aula di scuola. Saprò assorbire così tanta saggezza? Ho sempre pensato che solo l'amore insegnasse veramente. Non più scarabocchi sulle nostre superfici, ma inchiostri densi che ci penetrano, e ci trapassano. Così pensavo che fosse l'amore. Lo penso ancora. Ma non c'è solo quello, non solo l'amore romantico. Imparo ogni giorno qualcosa, pensieri nuovi vengono, voci nuove mi parlano. Sono nell'aria, basta ascoltarle. Coro è l'immagine della saggezza fragile, ogni momento può sparire da questa terra, lasciare dietro di sé un mucchietto misero di ossa. Anch'io, lo so. Potrei avere un tumore mortale, o finire sotto un autobus mentre esco da questo ospedale. Sono consapevole della mia fragilità. Ogni momento un buco può aprirsi nel cielo, risucchiarmi via. Così sento. Ma io sono qui, cammino e respiro. Forse ho ancora tempo! Anche se tu non mi ami, anche se i Cees e i Coro del mondo muoiono, negli ospedali, mostrandomi cosa mi aspetta. E anche se ora pensare al mio corpo è difficile, come toccare una parte infiammata, stringo le mani nelle tasche, spingo i piedi contro il suolo.

(76)

Dopo l'ospedale, nel pub dove sono entrato, chiedo una birra e un toast con prosciutto e ananas. Mi siedo a uno dei pochi tavoli liberi, tutto intorno una calca di ragazzi e ragazze, rumore di chiacchiere, risate, musica proveniente da uno schermo su cui scorre un video degli Smashing Pumpkins: and our lives are forever changed... Su questo tavolo liscio, appoggio le braccia. Ho molta fame adesso. Questo profumo intenso del toast, il thanks che dico alla ragazza che me lo porta, senza che lei dia segno di averlo sentito, nel chiasso. L'ananas dolce, la birra amara, il bicchiere freddo nella mia mano calda. È la legge dei contrasti, governa le nostre vite. Nel bar pieno di vita, di gioventù rumorosa, io siedo al mio tavolo solo, senza nessuno con cui parlare. Finalmente capisco: forse per questo io sono nato. Per osservare la gente dei tavoli vicini, per essere un testimone che sente, guarda, senza partecipare. Di cosa è fatto il mio destino: di silenzio e di sguardo. Imprimerò nella memoria i volti di tutti, i gesti di tutti, senza che nessuno ricordi i miei. Non sarò più al centro di nessuna storia. Ogni volta che ho provato a essere attivo, a condurre un rapporto, mi sono sentito inadeguato come recitando una parte impossibile. Quando prendo la parola, e mi accorgo che qualcuno mi ascolta, mi viene da ridere. Io sono un attore mediocre, e la mia spontaneità non basta. Eppure in me resiste il narciso, e il narciso vuole il suo ruolo, le luci accese, il centro del palco. Non starà mai tranquillo in platea, continuerà a scalpitare. Mi impedirà di vivere serenamente. Come uscire da questo dissidio?, o forse non c'è uscita, è parte di me, è la base del mio carattere.

(77)

Sul tram, finalmente, posso chiudere gli occhi e pensare basta, è quasi sera, farò una doccia, andrò a letto prestissimo. Aderisco al sedile, la fronte contro il finestrino. Oh, non aprirò gli occhi. È finito il tempo in cui mi aspettavo di vederti, irrazionalmente, dai finestrini del tram o dell'autobus. In cui immaginavo di sentirmi chiamare, girarmi e vederti lì, a pochi passi. È finito il tempo in cui ero schiavo delle tue ambiguità: sono assente, sono presente, sono con te e forse ti amo, sono con te ma in parte ti sfuggo, ti rendo felice, ti rendo infelice, ti faccio sentire perfetto, e al tempo stesso incompleto, ti faccio cercare, ti faccio restare... Vaffanculo. Fottiti. Non vedi?, sono già occupato in altri pensieri. Non mi serve pensare a te. Lo so, ho avuto le mie colpe. Chiedevo a gran voce cose impossibili: di sapere ogni istante cosa sentivi, di essere nella tua pelle, conoscere i tuoi pensieri. Non ti lasciavo intimità, usavo il tuo deodorante e tu mi annusavi nauseato, dicevi che ti sembrava di abbracciare te stesso. Dovevo rifletterci: non avevamo la stessa idea dell'amore. Forse non esistono al mondo due persone, che ne abbiano la stessa idea. Io sono, tu sei: che atroce differenza. Non si può entrare realmente in contatto. C'è solo distacco, illusione di vicinanza, mani che si sfiorano e forse si stringono, ma non possono fondersi in una sola.

(78)

Così eccomi scendere dal tram, eccomi nella mia via, in vista del mio palazzo. Il sole basso dell'ultimo pomeriggio illumina la facciata marrone, le fa prendere il colore della terra secca. A quest'ora ci sono cose che mi piace fare: attardarmi sulla spiaggia mentre tutti se ne vanno, fare una merenda guardando la tivù, gli ultimi cartoni animati del pomeriggio, i primi tg della sera, sentire i rumori di piatti e di pentole dalle case vicine, correre fino alla collina da dove si vede il tramonto, portare il cane al parco prima che il custode chiuda i cancelli... Ho fatto ognuna di queste cose e qualcuna la rifarò. Altre ne inventerò. Eppure, in quest'ora del giorno niente sembra bastare. Ho sempre quell'inquietudine, come quando non so dove andare. Ad Amsterdam come nella piccola Padova, nell'amata Venezia, nelle piazze di Verona, sulle fontane di Roma, sulle città che ho visto e su quelle sconosciute, in tutta l'Europa, quasi contemporaneamente, la luce si abbassa. Vorrei essere ovunque ma sono qui. Vorrei fermare la notte per dire aspetta, devo ancora trovare il mio posto ideale. Chiamare gli amici, preparare i letti. Con un facile scatto la porta si apre. Ora restano le scale da fare. Così stanco è difficile tener dritta la schiena. Viene naturale ingobbirmi un poco. Certi giorni sono sfinito, penso solo al riposo. In questo istante non ricordo di essermi mai sentito diverso. Tutto il giorno sono durato per un piccolo residuo di energia, sempre più infinitesimale. Come quelle batterie sempre al limite, che però resistono. Così per me. Non credo di saper affrontare alcuna grossa impresa. Eppure vivo, mi adatto: la mia sola forza è la resistenza.

(79)

Prima cosa è fare pipì. Poi è bere un bicchiere d'acqua. Poi togliermi le scarpe e quindi, prima di fare la doccia, ascoltare i messaggi in segreteria. È così, mentre mi sfilo la maglietta, mi slaccio la cintura, penso a dove cercare un asciugamano pulito, all'opportunità di mettere sul fornello l'acqua per un tè, o di prendere una birra dal frigo... è così che sento per la prima volta, pura, senza musica di sottofondo, senza brusio, senza altre voci, senza rumore di traffico, la sua limpida voce. Che dice ciao, questo messaggio... Ettore, ci sei? Sono Jerald, hai capito chi? Ci siamo visti ieri sera. Sarei contento se mi richiami, sei due due... La mia mano è già lì, sopra il foglio di carta, impugnando una penna. Trascrive. Poi i miei occhi restano a fissare il numero, mentre le braccia inquiete non sanno che fare, si incrociano, si lasciano andare in giù, cercano di infilare le mani, queste ingombranti estremità, nelle tasche dei jeans. Cosa vuol dire questo messaggio? È importante o è una piccolezza? Lo so qual è il segreto: dare importanza, togliere importanza, ogni cosa ha il suo peso, e io devo capirlo... Ma non posso. Non ho modo di vedere attraverso gli occhi di Jerald, o di chiunque altro. Coi miei occhi piccoli, miopi, così drammaticamente miei, guardo il telefono. Con le mie dita bianche, un po' sudate, alzo la cornetta e schiaccio i tasti. Qualche tasto sembra caldo, come un'illusione, qualcun altro freddo come il sospetto. Non può esistere via di mezzo. Solo sbalzi, cadute, gloria. Resto qui, ascolto gli squilli. Lunghi, profondi, come gli echi da una parete di roccia.

(80)
Hallo? Ciao, sono Ettore. Voglio metterci fiato, intonazione, voglio che la mia voce convinca, che sia un tutt'uno col mio nome e che evochi, nella sua mente, l'immagine del mio volto. Voglio creare un ponte, un legame immediato. Ma la voce dall'altra parte dice hi, I'm Peter, how are you? I call you Jerald, bye. Poi il rumore della cornetta posata, e un sottofondo di musica, forse voci, o forse l'audio di una tivù. Poi è lui, davvero lui che dice ciao. Come stai? Bene, rispondo, senza ricordare di metterci fiato, intonazione. E tu? Anch'io bene. Piccola pausa. Cerco qualcosa da dire: come hai avuto il mio numero? Me l'ha dato Marta. Altro silenzio. Riconosco questa sensazione, indefinibile e acuta insieme, come l'odore di ammoniaca. È imbarazzo. Siamo muti, paralizzati. Infine lui si schiarisce la gola. Spero non ti dispiaccia se me l'ha dato, dice. No!, con troppa enfasi. Allora lui fa un sospiro, e la sua voce è calda, vicinissima quando dice: sono contento che mi hai richiamato.

(81)
Mi rado. La schiuma bianca e le strisce di pelle liscia, pulita dopo il passaggio della lametta, come una strada liberata dallo spazzaneve. Sotto la schiuma un nuovo viso affiora, molto meno stanco, più giovane, con l'aria quasi da bambino. La doccia calda scioglie ogni resto di stanchezza. Mi asciugo, fischietto. Si fa presto a cambiare umore. Jerald mi aspetta, a casa di Daan e Peter, per mangiare qualcosa con lui e altri amici, e poi a ballare. Così ha detto. Ti aspetto, vieni. Mentre mi vesto penso a cosa vuol dire ti aspetto, forse che ogni tanto dirà ai suoi amici ecco, fra poco sarà qui, o che starà in disparte a pensare al mo-

do migliore di accogliermi, alle prime frasi da dirmi, per mettermi a mio agio. Il pensiero di questa attesa è come una spinta, accelera i miei gesti. In pochi minuti sono pronto, posso già uscire. Ma gli ho detto che sarei arrivato non prima di un'ora e lui ha detto va bene. Mi ha spiegato la strada, ha detto è vicino, puoi arrivarci a piedi in dieci minuti. Non voglio arrivare con troppo anticipo. Per questo metto un cd, mi stendo sul letto. Ascolto le note un po' tristi, la voce calda di David Sylvian. È quasi un anno che ho ricevuto questo cd. Quasi un anno dal mio ultimo compleanno, da quella sera in cui mangiavamo la pizza, io, Nino, tutti gli amici. Forse finalmente considero chiuso questo ricordo, e tutti gli altri ricordi. Chiusi, definitivi, come gli oggetti di un museo. Posso guardarli ma non posso toccarli, manipolarli, non posso aggiungerci niente. Ora si passa a un'altra sala del museo. Una sala nuova, con un nuovo compleanno, e qualcun altro accanto a soffiare sulle candeline, a scartare i regali. Forse Jerald oppure chissà. È sabato sera e non devo pensare. Solo alzarmi, uscire.

(82)

Si cammina verso quella via. Ogni tanto si sente accelerare il cuore, come la sera prima di un esame, quando la preoccupazione va e viene a ondate. Nei momenti di batticuore non si capisce. È per i passi troppo veloci? Per la paura di non trovare il palazzo? È come la sensazione di una grave dimenticanza. Come la consapevolezza che qualcosa manca. Ma qualcosa mancherà sempre. Non si è mai abbastanza pronti per incontrare le persone, per andare a un appuntamento. Si cammina veloci, si resiste alla tentazione di fermarsi per grattarsi le gambe. Si ha la gola secca ma non importa. Si ha fretta perché da tanto anticipo che si aveva, ora quasi si è in ritardo. Ma non manca molto. Questo è il ristorante che ha detto Jerald. Qui si gira a destra e si è nella via. Si leggono i numeri civici e si trova quasi subito il palazzo. Il campanello in alto a destra, sì. Suonare, aspettare. Davanti al videocitofono si ostenta un'aria sicura, disinvolta, come aspettando il clic di un fotografo. Ma quando si accende la luce bianca si stringono gli occhi, automaticamente, come davanti a un faro abbagliante. Yes?, dice la voce metallica. Ci si stupisce di non essere riconosciuti, ma forse non è né Peter né Daan. È allora il momento di schiudere le labbra, richiamare la voce, dire come un lasciapassare: Ettore, I am Ettore.

(83)

Salgo le scale. Dapprima c'è silenzio, poi si sente una porta aprirsi, lassù in alto, e vengono voci, musica, rumore di festa. Quanta gente ci sarà? Il rumore aumenta mano a mano che salgo. Poi sono all'ultimo piano e sulla porta c'è Peter. Welcome! Ci stringiamo la mano. Mi fa entrare in un piccolo ingresso, con un attaccapanni pieno di giubbini. Di lato c'è una porta che immette in una cucina, poco più grande. Assiepati, qualcuno in piedi qualcuno seduto, con l'aria densa di fumo e la musica degli Underworld a tutto volume, ci sono almeno una quindicina di ragazzi e ragazze. Senza neppure il tempo di provare timidezza, sono rapito dal giro di presentazioni. Hanno tutti mani calde e sorrisi cortesi. Riconosco i componenti del gruppo di Jerald. Daan è ai fornelli e lo bacio sulle guance, mentre mi dice hey, we are going to have pasta for dinner tonight. Poi riprendono le presentazioni e infine eccomi, come alla fine di una catena umana, di fronte a Jerald che sorride. È appoggiato al davanzale della finestra e tiene un bicchiere di vino in mano. Ma subito la mano depone il bicchiere, si allunga verso di me. Anche la mia si tende, come un bambino che riconosce un compagno, gli corre incontro istintivamente. Si stringono. Quanto durerà questa stretta?, un solo secondo oppure di più, di più... Si lasciano. Hai visto, dice. Fanno la pasta in tuo onore! Io dico sì, arrossisco. Lui è lì, ha ripreso il suo bicchiere in mano. Dietro di lui il vetro un po' appannato, e le finestre del palazzo di fronte come fari lontani, nella nebbia. Poi qualcuno dice wine?, e mi ritrovo con un bicchiere in mano. Jerald di nuovo sorride, tende il bicchiere verso di me. Brindiamo, dice. I nostri bicchieri si sfiorano. Alla nostra serata, cin cin.

(84)

Ora sto bene. Che cos'è il benessere: questo vino bianco che mi rilassa, questa pasta al pomodoro nel piatto di plastica, queste chiacchiere allegre, disinvolte, che scambio con tutti. E con Jerald. Hai due mani da schianto, dice. Sono soltanto mani, rido io, convinto che stia scherzando. E penso: se scherziamo è un buon segno, entriamo in confidenza. Lui dice no, non vedi?, le pieghe della pelle sulle tue nocche sembrano le rughe di una fronte aggrottata. È serio e anch'io divento serio. Ma sono compiaciuto, elettrizzato, come quando qualcuno ci parla di noi e indovina cose intime, nascoste. Mi guardo le mani che sono grandi, pallide, con pochi peli sottili sul dorso. Con queste mani ho lavato i bicchieri, ho tagliato i limoni nel bar dove lavoravo. Non ho mai pensato che fossero belle e ora, di colpo, sono orgoglioso di loro come di un tesoro che non sapevo di avere. Adesso non guardartele troppo!, dice Jerald, e io dico no no, stasera guardo te. Ho il batticuore mentre lo dico, ma lui accetta la battuta. Mi fai arrossire!, adesso scappo via. Ma non arrossisce. E non scappa. Per tutta la sera mi resta vicino. Nessuno tenta di monopolizzare la sua attenzione e chi parla con me, o con lui, lo fa spostando lo sguardo dall'uno all'altro, come fossimo una sola persona. In questa serata, in questa casa, io ci sono perché lui c'è. Questo a tutti dev'essere evidente. Il nostro legame ancora vago, embrionale, viene riconosciuto e questo, forse, è la prova che esiste.

(85)

Poi, dopo mangiato, dopo che i piatti sono stati raccolti, e le bottiglie di vino svuotate, e un caffè leggero bevuto nelle tazze, ecco si insinua nei discorsi la domanda: shall we go? Sono le undici passate e nessuno, mi dice Jerald, sa di preciso dove sia questo rave, bisognerà girare un po' per trovarlo. Qualcuno inizia ad alzarsi, a cercare il proprio giubbino. Chiedo a Peter dov'è il bagno, mi indica la porta. Chiuso nel bagno faccio pipì. Mi lavo le mani. Mi spruzzo l'acqua fredda in faccia, scaccio il lieve torpore provocato dal vino. Mi asciugo, sento la spugna soffice, l'odore dell'ammorbidente. In asciugamani come questo ho schiacciato il viso, certe sere, soffocando i singhiozzi. Seduto sul bordo della vasca, lasciavo che la spugna assorbisse il mio pianto. Se ripenso a quei momenti, non mi capacito di aver resistito a una simile solitudine. La prossima volta che piango, mi dico, voglio almeno che ci sia qualcuno accanto a me. Potrei raccontare a Jerald i miei ricordi più brutti e lavarli via piangendo, sotto il suo sguardo comprensivo. Le lacrime, come il dormire insieme, cementano l'intimità. Voglio, più di ogni altra cosa, poter condividere l'intimità con un'altra persona, poter sentire finalmente che il mio destino non è solo mio, ma riguarda anche qualcun altro. Jerald è di là, oltre la porta. Mi aspetta. Anche gli altri mi aspettano, mentre infilano i loro giubbini, scambiandosi battute, ridendo sonoramente. Non finisco di stupirmi: a volte, dal niente, l'amicizia sembra facile e vicina. Questa è una serata che ricorderò. Una compagnia di nuovi amici, una persona che mi piace e a cui forse piaccio. Il fervore di quando si parte, tutti insieme, alla ricerca di una festa.

(86)
Giù, si prendono le macchine. Andiamo con Eric, mi dice Jerald, premendomi leggermente la mano sulla schiena, per dirigermi verso la macchina giusta. È un secondo. Poi toglie la mano ed è come se lasciasse un'impronta, una sorta di traccia calda. Come ho fatto a non capirlo prima: voglio che Jerald mi tocchi, voglio che il suo braccio mi stringa, voglio sentire da vicino l'odore dei suoi vestiti. Mi sembra di barcollare, come in preda a un'improvvisa sbornia. Eric ha una vecchia Renault, sale davanti con la sua ragazza. Io e Jerald dietro, sul sedile largo, troppo largo perché si debba stare vicini, in contatto l'uno con l'altro. All'ultimo, quando il motore è già acceso e stiamo per partire, si aggiunge un altro ragazzo. Per fargli posto Jerald si stringe contro di me, allunga un braccio dietro la mia testa. Partiamo. Qualche scossone dell'auto e già mi sento scivolare, come sabbia che frana, col peso del corpo verso di lui. La mia gamba è troppo pesante, sembra impossibile riuscire a sostenerla, senza abbandonarla contro la sua. La prima curva ci lascia incollati, spalla contro

spalla, fianco contro fianco, gamba contro gamba. Vorrei deglutire. Marta dov'è stasera?, chiedo, tanto per dire qualcosa. Jerald scuote la testa. Stiamo passando sotto casa mia e io penso ad Anne, a Marta, alle ragazze che vorrei proteggere, ai loro capelli fini. Io sono qui, così felice, così egoista. Jerald gira il volto verso si me, ci guardiamo. Poi, come in una scena al rallentatore, lentissimamente chiude gli occhi, declina la testa verso di me. Mentre costeggiamo Vondel Park, e i lampioni che scorrono ai lati della strada illuminano a intermittenza l'abitacolo della macchina, come una luce strobo... mentre allo stereo i No-man cantano maybe there's more in life than just writing songs, maybe not, ed Eric e la sua ragazza e l'altro ragazzo chiacchierano in olandese, quasi gridando per capirsi sopra la musica... la mia spalla accoglie la testa di Jerald, cercando di farsi morbida. E con un senso di liberazione, come fosse un gesto troppo a lungo represso, posso affondare le narici fra quei capelli, sentire l'odore di shampoo e di gel, deporre un bacio, muto, su quella testa adorata.

(87)

Ci siamo persi. Come una carovana indecisa, seguendo la macchina di Peter e precedendo quelle degli altri, da una ventina di minuti percorriamo le stesse strade. Si direbbe un'estrema periferia: ai miei occhi, sembra la stessa zona di ieri sera. Evidentemente non lo è, perché nessuno sa dove andare. Neppure Jerald, che ha sollevato la testa dalla mia spalla e guarda la strada, con aria concentrata, come in attesa di un qualche segno. Non preoccuparti, mi dice, vedrai che ci arriviamo. Davanti a noi Peter mette la freccia, accosta al lato della strada. Eric lo imita, scende dalla macchina e raggiunge Peter, con alcuni ragazzi delle altre macchine, a loro volta scesi. Sul ciglio della strada, illuminati dai fari e dalle luci d'emergenza, parlano e gesticolano. Eric indica una direzione, un altro indica quella opposta. È allora che Jerald dice al ragazzo alla sua destra: alstublieft... Quello apre la portiera, lasciando entrare una ventata di freddo. Scendono. Il ragazzo risale subito. Con le mani in tasca, Jerald va verso il gruppo. Jerald!, vorrei chiamarlo, quasi temendo che la nostra intimità, appena creata, possa rompersi se lui si allontana troppo, come un elastico eccessivamente teso. Attraverso il vetro lo guardo parlare, esprimere la sua opinione, con quella sua calma e quella sua forma, sembra a me, di autorevolezza naturale. In questo momento, mi rendo conto, lo seguirei ovunque, senza esitare. Questa fiducia: è un miracolo breve, una suggestione effimera, uno strano incidente? Oppure resisterà, oltre le ore, oltre la luce del mattino?

Si ferma una moto, con due ragazzi in sella. Jerald e gli altri li guardano muti, con l'aria di chiedersi chi diavolo siano. Ma quando il guidatore si toglie il casco Jerald lancia un grido, si avvicina e lo abbraccia, lo bacia sulle guance. Parlano concitati, come amici che non si vedono da anni. Chi è quel tipo?, vorrei chiedere alla ragazza di Eric, o al ragazzo seduto accanto a me. Che rapporto ha con Jerald?, con che diritto gli passa, senza neanche togliersi il guanto di pelle, la mano sui capelli? Ma nessuno di noi tre parla, e io mi gratto le gambe. Poi tutti stanno risalendo sulle macchine e Jerald torna di corsa, sorridente. Che fortuna!, dice, aver incontrato questi miei amici. Ci guideranno loro, conoscono il posto.

(88)

Seguendo la moto, ci allontaniamo da quella zona. Come uscendo da un labirinto, ci lasciamo alle spalle quell'intrico di vie. Eravamo da tutt'altra parte, commenta Jerald. Ora è bello lanciarsi in avanti, su questa strada dritta, sicuri di andare verso la meta. Verso una festa che, come tutte le feste, celebrerà qualcosa. E che un giorno forse sarà ricordata: quella sera, a quella festa... Molte feste per me rappresentano questo: paletti, spartiacque. C'è un prima e c'è un dopo e quella sera ero lì, ubriaco, e vedevo la mia vita come da fuori. Una stagione è finita e forse adesso un nuovo inizio... Eppure, quante volte ho sperato nel nuovo inizio? Imbocchiamo una strada stretta. Quando iniziamo a vedere la fila di macchine sul ciglio, parcheggiamo. Siamo a terra, mi sgranchisco. Si sente il rimbombo di un sound system, ma non capisco dove sia il rave. Guarda, mi dice Jerald, accennando verso l'alto. Il cielo blu acceso, reso elettrico dal bagliore lunare, è solcato da banchi di nuvole rosa. Ho un brivido: le stelle migrano. Per qualche strano effetto le nuvole appaiono fisse, immobili, mentre le stelle sembrano spostarsi, come una flotta immensa di aerei. Non ho mai visto niente di simile, dico. Poi stiamo in silenzio, il viso verso l'alto, per almeno un minuto.

(89)

Dopo aver camminato un po', ci troviamo davanti a uno stabile bianco, non molto alto, con piccole finestre protette da grate. Fa pensare a un vecchio ospedale abbandonato. Ma cosa può farci un ospedale qui, nel mezzo di una zona industriale? Di nuovo sono i due ragazzi della moto a guidarci, puntando decisi verso il lato dell'edificio. I due ragazzi sono simpatici, si sono presentati facendo ampi sorrisi, e quello che prima aveva dimostrato tanta confidenza con Jerald mi ha detto nice to meet you con aria sincera, poi ha guardato Jerald e ha sorriso anche a lui: un sorriso, mi è parso, di approvazione. Lavoravamo insieme in un negozio di dischi, mi ha spiegato Jerald, dissolvendo definitivamente l'inquietudine provata prima, quando li avevo visti abbracciarsi e baciarsi. Perché, mi chiedo, devo essere a volte così paranoico? Vedere minacce nei fatti più innocui? La paranoia è il veleno, la tossina che va espulsa per vivere in pace. Respira, lasciati andare. Sul prato dietro l'edificio c'è la festa. Centinaia di ragazzi stanno già ballando, illuminati a scatti dalla luce strobo. Molti altri sono seduti in fondo, nella semioscurità, su quello che pare l'argine di un canale. Non vedo le casse e la musica sembra venire direttamente dall'alto, da quel cielo prodigioso, da quelle nuvole rosa, come un lungo tuono ritmato. È bellissimo, dico a Jerald. Lui fa segno di sì, mi prende per mano. Avanziamo fra le persone, fra i corpi e le facce che affiorano dal buio, a ogni flash di luce, come una serie di istantanee. Vedo quelle immagini, quelle foto in successione, come appese a un filo ad asciugare, con le mollette, subito dopo la stampa. Io, lo sento, sono quel filo. Teso fra due estremità, sostengo il peso dolce delle immagini aggiunte una a una. E oscillo, vibro, pieno di sensazioni.

(90)

Più in là, verso l'argine, è stato acceso un falò. Avvicinandosi, si sentono in faccia le ondate di calore. Eppure pochi, qui, sembrano aver bisogno di questo calore. Tutti ballano in maglietta, qualche ragazzo a petto nudo, senza mostrare preoccupazione per l'umido e il fresco. Li protegge, probabilmente, la droga che hanno preso. Basta guardarli: con quei sorrisi, e quello sguardo trasognato. Anche Jerald sta cercando droga. Lo capisco dal modo in cui si guarda attorno, con l'aria di chi cerca qualcuno. È come vedere che tutti hanno lo zucchero filato, senza riuscire a capire dove l'hanno preso. Io guardo il fuoco, mi godo il calore che a tratti è così forte, toglie il respiro. La mia faccia scotta, forse si arrossa. Di cosa ho voglia adesso: di droghe purissime, di anfetamine dolci. Quel momento in cui senti che sta salendo, ti prepari ad abbandonarti. Come quando parte una giostra. Lasciarsi andare, non avere più peso. Non ho bisogno di oblio ma di semplice leggerezza: quanta gente, lo so, vorrebbe proibire questo mio bisogno. Ma il mio bisogno c'è. E io, solo, devo imparare a gestirlo. Con cautela, con attenzione per me, per gli altri. Facciamo un giro?, mi chiede Jerald. Gli altri della compagnia, già tutti dispersi. So come succede: tutta la notte sarà un continuo perdersi, ritrovarsi... attraverso mille traiettorie, che ne incrociano altre mille, che ne incrociano altre mille. La notte così sembrerà riempirsi, brulicare di movimento.

Io sarò con Jerald. Resterò attaccato a lui come un vogatore al suo compagno di canoa. O come un naufrago alla sua zattera? Torniamo, attraverso il prato, verso l'edificio.

(91)

Dentro luce fioca rossastra, pavimento e pareti ricoperti di piastrelle bianche. Basta un'occhiata ai ganci che pendono dal soffitto: è un ex-macello. Dalla stanza in cui ci troviamo, partono corridoi immersi nel buio. Qualcuno ci si avventura, chissà dove portano. Appoggiato a una delle pareti, c'è un ragazzo coi capelli rasati. Jerald si avvicina, gli stringe la mano. Parlano. Io, al centro della stanza, resto nell'indifferenza, nel vuoto di pensieri. Pausa. Quando Jerald ritorna, ha un'aria soddisfatta. Vieni, dice, e andiamo verso uno dei corridoi. Addentrandosi, non è poi così buio. Intorno è pieno di ombre. Gente ferma immobile per motivi misteriosi, altra impegnata nell'atto, inconfondibile, di sniffare da una bustina di plastica. Anche Jerald ha una bustina. E una cannuccia corta, come quella dei succhi di frutta. Me la infila in una narice e mi chiude col dito, delicatamente, l'altra. Quando tiro sento bruciore al naso, e un gusto amaro che scende, internamente, verso la gola. Poi tira lui. Come una piccola proboscide avida, muove la cannuccia dentro la bustina, perlustrando bene gli angoli. Ti piace?, chiede. Nella luce scarsa, la sua faccia così sfocata. Torniamo fuori, dice, andiamo a ballare.

(92)

La musica. Sul prato, tra la gente, Jerald si ferma e inizia a ballare. Subito non vorrei: mi sento rigido, spossato. È la musica a convincermi. Così forte, trascinante, con quella meravigliosa assenza di parole. Non potrei emozionarmi, se ci fossero le parole. Il ritmo nudo, gli urli elettrici, disarticolati, le note ripetute fino all'ipnosi, i bassi profondi come l'oceano, i rimbombi metallici come da enormi cisterne vuote: questo mi emoziona. Tolgo il giubbino, lo lego in vita. Mi accorgo che la distanza tra me e la musica si assottiglia quando non devo più seguirla, i movimenti vengono immediati, perfettamente contemporanei alle note. Poi arrivo ad anticiparla, conosco la nota che sta venendo, so quando il ritmo sta per cambiare. Capisco la struttura della musica, la grammatica di cui è fatta. Capisco: il sorriso di Jerald, gli urli di gioia, i movimenti fluidi delle persone. Le loro facce sudate, sfigurate dalla sincerità. Senza difese, sono vero tra i veri. Tante volte ho sbagliato ma la musica mi assolve, nella musica rinasco. Sono nuovo, non ho rimorsi. La ketamina, questo anestetico prodigioso, mi toglie ogni peso grammo per grammo.

(93)

Quando arrivano Daan e Peter e il resto del gruppo, io sono già in pieno sdoppiamento. Ti scoppia il cuore ti verrà un collasso. Lasciami godere questo momento. Se sniffi ancora morirai... Gli altri lo stanno facendo, da una bustina che ha tirato fuori Daan. Col procedere della festa, cade ogni discrezione. Le bustine appaiono, passano di mano. Quando arriva a me, faccio segno di no. Solo qualche secondo prima avrei accettato. Ora non ho più abbastanza euforia. L'Ettore lucido è qui, sospettoso, pedante, e mi instilla le sue paure. Potrei soffocarlo, annientarlo. Una cannuccia nel naso basterebbe. Jerald mi tocca il braccio, mi chiede se va tutto bene. Sì, tutto bene. Daan sta già tirando fuori una seconda bustina. Che senso ha stare qui?, partecipare o ritirarmi. Vado a bere, dico a Jerald, che forse non capisce neanche, ma fa segno di sì. Verso i bordi della pista, verso l'argine del canale. È difficile camminare, mi sembra di avere gli sci ai piedi, e vorrei le racchette per stare in equilibrio. Seduto sull'erba, non posso chiudere gli occhi. Continuamente devo guardarmi le gambe, le braccia, per essere sicuro di avercele ancora. L'amaro in gola è sempre più forte, ma non dà fastidio. Posso farcela. Solo, senza umore, fisso le fiamme del falò.

(94)

Più tardi, quando il falò è quasi spento, e i flash dello strobo si perdono nella prima luce dell'alba... sento lo struggimento di tutte le albe. Io, colui che veglia, il guardiano del fuoco, ho superato la notte. Sono vivo, sopravvissuto. Intorno, gli altri sopravvissuti si aggirano per il prato, storditi come dopo un'esplosione. Molti continuano a ballare, come se un dio malvagio avesse bisogno di questo, di movimenti rituali, di continuo intrattenimento, per non scagliare la sua rovina. Un ragazzo di colore coi dreads, a petto nudo, mi passa davanti guardando oltre le mie spalle. Forse cerca qualcuno tra la gente stravaccata sull'argine. Quando i nostri sguardi si incrociano, lui sorride e si passa le mani sugli avambracci, nel gesto di chi ha freddo. Incantato, resto a guardare la pelle d'oca intorno ai suoi capezzoli. Poi lui prosegue e io resto con la vaga idea di alzarmi, offrirgli il mio giubbino. Ma lui si allontana, non si ferma... Anche la gentilezza, è ovvio, ha bisogno di decisione, di tempismo. Io manco di qualità. Non mi accontento di me. Perché sono un uomo e perciò ho dei limiti e di questi limiti soffro... Mi alzo. Dal prato, sta arrivando Jerald. Gli vado incontro e quando mi fermo davanti a lui sto ansimando, provo a sorridere. Finita, dice lui, abbiamo sniffato tutto. Noi vorremmo andare, cosa dici?

(95)

In silenzio, lasciamo il prato. Io, Jerald, Eric e tutti gli altri. I ragazzi della moto spariti, chissà. Alle nostre spalle la musica continua a rimbombare, come quella di un luna park che vuole attrarre ancora clienti. Ma è giorno ormai, molta gente se ne va. La keta è una droga veloce, finisce in fretta. Stanchi, indifferenti, andiamo verso le nostre macchine. Mentre il rimbombo si fa indistinto, il consueto sibilo si impossessa delle orecchie. Per poco. Appena in macchina Eric accende lo stereo, mette gli Autechre. Ti prego, vorrei dirgli. Sembra di stare ancora al rave. Ho bisogno di chill out, di musica più calma. Penso ai miei cd dei New Order, dei Dead Can Dance, dei This Mortal Coil, tutti lasciati in Italia... mi scappa quasi da piangere. Guardo Jerald che sta a occhi chiusi, le mani in grembo, senza curarsi di me. Devo provare a toccarlo? Mentre la macchina sfreccia nella strada vuota, mi piacerebbe parlare. Questa voglia continua di comunicare qualcosa. Tutti dormono o sembrano farlo. La stanchezza ci rende così isolati. O forse è la droga che ha scavato un solco. Jerald, vorrei chiamare. Apri gli occhi, non restare lontano.

(96)
Rientrando in casa di Daan e Peter, mi sembra ancora più piccola. Qualcuno beve un bicchiere d'acqua, qualcun altro si toglie le scarpe. Stretti nelle due stanzette, mi domando cosa accadrà adesso. Forse è ora di salutare, andarmene a dormire. È allora che Daan allunga un braccio, abbassa una botola dal soffitto dell'ingresso. Viene giù una scala pieghevole, di metallo. Daan mi fa segno di salire, con un sorriso che sembra dire: vedrai che sorpresa. Su, c'è una soffitta enorme. Probabilmente copre l'intero palazzo. È ingombra di brande, materassi, cumuli di coperte. In questo dormitorio inaspettato, pieno di disordine, gli altri si sparpagliano, scherzando, improvvisamente rianimati, con l'eccitazione di un gruppo di boyscouts al campeggio. Jerald mi viene incontro, con uno

zaino in spalla, recuperato chissà dove. Vieni, dice, e mi guida verso un materasso bianco, pulito. Dormiremo qui. Poi dallo zaino estrae un sacco a pelo, lo stende sul materasso. Cosa ti sembra?, chiede. Io confuso, incapace di pensare. Vado in bagno, dico, a lavarmi la faccia.

(97)

In bagno, cerco del dentifricio. Mi lavo i denti con le dita, seguendo col polpastrello i bordi di ciascun dente. E se immagino che quel dito non sia un dito, ma la lingua di Jerald che esplora la mia bocca... A pensarci mi stupisco: che lui mi abbia scelto, che sia lassù, ora, aspettando di dormire con me. Perché io e non qualcun altro? Cosa ci ha portati fino a questo punto? È difficile convincermi: sono al centro di questa storia. Sciacquandomi la faccia, mi sento vuoto come in preda a un'amnesia. Sono compiaciuto, contento, ma vuoto. So che adesso è il momento di lasciarmi andare, di dormire fra le sue braccia. Finalmente, il riposo dopo tanta ricerca. Non era ciò che desideravo? Risalendo le scale, mi chiedo se lui sia già nel sacco a pelo. No: è seduto su un letto, circondato dal resto della tribù. Prepara una canna. In piedi, resto affascinato a contemplare le sue dita, agili, che sminuzzano la maria. Quelle dita sanno rollare, quelle dita sanno suonare, quelle dita possono toccarmi. Quanto dura ancora l'attesa? Per terra, sul pavimento di legno, c'è un vassoio con bicchieri di tè. Daan mi dice di prenderne uno, e di sedermi. Bevo il tè dolce, bollente, sentendo il calore piacevole scendere nella pancia. Dopo la canna è ancora meglio. Tutto in me si rilassa, ogni muscolo è disteso. Mi slaccio le scarpe. Allora la ragazza di Eric mi fa segno di allungare le gambe, prende i miei piedi in grembo. Li massaggia. Sospirando appoggio la schiena, chiudo gli occhi. Solo quando sento intorno gente in piedi, che si muove, mi rendo conto di aver dormito. Qualche minuto, credo. Jerald è accanto a me, mi tende la mano per farmi alzare. Eccomi. Sono in piedi, a un centimetro da lui. Non lascia la mia mano, mi conduce verso il nostro materasso. Confusamente, mi accorgo che tutti si stanno appartando a coppie: ogni ragazzo con la sua ragazza, Daan con Peter, e Jerald con me. Dalle finestrelle della soffitta viene una luce biancastra, un po' livida, che fa sembrare la scena come in un film in bianco e nero. In questa luce Jerald si toglie la maglietta, mostrando il petto chiaro, senza peli, una collanina d'argento con una medaglietta attaccata. Poi si toglie i jeans e resta con dei boxer a quadretti. Dal suo zaino toglie un'altra maglietta, bianca, con una stampa degli Antenati. La indossa. Infine mi guarda e dice Ettore, tu non ti spogli?

(98)

Nel sacco a pelo, i nostri corpi incollati. Dapprima è il tepore a sconvolgermi, a lasciarmi inebetito come un cucciolo che ritrova il nido. Sfioro le braccia calde, tocco i piedi caldi, sento il respiro caldo tra i capelli quasi come il getto di un phon. Da tutta la vita non cerco che questo. Mi sto annullando, non sento nient'altro. Presenza. Contatto. Poi è l'odore, leggero, a farsi strada nelle mie narici. È odore di timo. Forse il suo shampoo o il suo docciaschiuma. Annuso quell'odore che sa di bosco, di prato, di fieno, sul suo collo e sulla sua nuca. Giochiamo. Ci facciamo il solletico, ridiamo sottovoce. Lui mi infila una mano sotto la maglietta e la lascia, aperta, sul mio addome teso. Io gli carezzo la schiena, sento le protuberanza delle scapole come piccole ali, poi scendo e trovo, uno a uno, i nodi duri della colonna vertebrale. Infine le dita scivolano sotto l'elastico dei boxer, toccano le piccole natiche fresche, meno calde del resto del corpo. Faccio scorrere la mano lungo il fianco, sfioro i testicoli e sento la pelle liscia, come appena lavata, quasi senza peli. Ritiro la mano. Ora siamo abbracciati e smettiamo di muoverci. Dormi con me e sogna i miei sogni. Se chiudo gli occhi, dissolvenza in bianco. Pelle, cuscini, luce, respiri. I tuoi denti candidi quando sorridi. Nella soffitta tutto è calmo e puro. Ogni cosa è bianca, ora.

(99)

Poi viene la sete. Dapprima è una sensazione vaga, confusa col sogno. Poi cresce, violenta, è bocca prosciugata, gola che brucia. Mi sveglio. La prima cosa che vedo è la schiena di Jerald che si solleva e si abbassa, regolarmente. Svegliarmi ogni mattina, penso, vedendo questa schiena. Lento, cauto, sguscio fuori dal sacco. Intorno, dormono tutti. A piedi nudi raggiungo la scala, scendo. In cucina mi colpisce l'odore delle pentole sporche, rimaste nell'acquaio da ieri sera. Cerco l'acqua. Il bicchiere che ho preso dallo scolapiatti, mi sembra contaminato dalla puzza dell'acquaio. In frigo trovo una bottiglia di Coca e mi attacco a canna, avidamente. Poi il rumore di qualcun altro che scende, chiudo la bottiglia e la rimetto in frigo, sperando di non essere stato visto. Mi giro, è Jerald. Con gli occhi arrossati e i capelli mezzi ritti, dove il gel ha retto, e mezzi abbassati, dove invece ha ceduto. Che ore sono?, fa. Guardo l'orologio: quasi le dieci. Con una mano infilata nei boxer, si avvicina al frigo. Non c'è niente da mangiare, dice, dopo averci dato un'occhiata. Tu hai fame? Sì. Appoggiato al frigo, mi guarda. Ho il cuore che batte, e un'erezione nelle mutande. Forse se n'è accorto. Lui tira su col naso, si gratta la testa. Che ne dici, fa, di uscire a fare colazione?

(100)

Fuori c'è un sole potente. Rimpiango di non avere gli occhiali scuri. Jerald invece li indossa. Si è anche inumidito i capelli, prima di uscire, rimettendoli un po' in sesto. Ha messo un giubbino sopra la maglia degli Antenati e ora mi cammina accanto, con le braccia incrociate perché, contrasto, oltre al sole c'è un vento forte, che trafigge la pelle. Mentre avanziamo sul marciapiede largo, nella strada silenziosa con poche macchine, nell'atmosfera sonnolenta della domenica mattina... Ora è il tempo di chiacchiere leggere. Di battute innocue e di pensieri senza importanza. Ne sento il bisogno, non c'è spazio per altro. Ma io non so chiacchierare. Quando ci provo le parole sembrano venirmi da così lontano che è difficile richiamarle, come una pompa che risucchia un'acqua troppo profonda. Poche gocce alla volta riescono a salire. Per questo temo di sembrare arido. Mi è tornata la sete e gli occhi mi bruciano, per la mancanza di sonno e per il vento tagliente. Vorrei fermarmi e grattarmi le gambe. Vorrei spingere Jerald contro una vetrina e farmi dire, finalmente, cosa ci faccio io qui. Lui lo sa, deve saperlo. Ogni tanto mi guarda e abbozza un sorriso. Svoltiamo un angolo e ci ritroviamo in un mercatino. Camminiamo fra i mobili vecchi, fra i vinili d'epoca, fra i vestiti di seconda mano. Ci indichiamo le cose interessanti, ci diciamo che bello, lo comprerei. Ogni tanto mi prende il braccio e camminiamo così, come una vera coppia. Ma non sento incanto, c'è imbarazzo, poche parole. Non posso andare oltre, penso con tristezza. Ci sono persone che mi ispirano un desiderio sincero di conoscenza, ma che non riesco a conoscere intimamente. C'è un confine che non so valicare. Ci studiamo, ci lanciamo sorrisi, tentiamo discorsi. Come aerei troppo pesanti, corriamo sulle piste senza spiccare il volo. Cosa ci manca? Davanti a una bancarella di libri e di stampe, ci fermiamo a guardare i volumi. Vecchie edizioni di Sartre, di Fitzgerald, di Miller, con le copertine che svolazzano al vento. Ne prendo in mano uno, annuso l'odore della carta ingiallita.

(101)

Andiamo a mangiare, dice Jerald di colpo, tirandomi per un gomito. Faccio appena in tempo a posare il libro. Cos'è successo?, chiedo. Jerald, chiama una voce alle nostre spalle. Jerald si blocca, con l'espressione di chi è stato incastrato. Ci giriamo. È quel ragazzo coi capelli rasati che c'era al rave ieri sera. Si avvicina e dice Jerald, what a coincidence. Gli sento l'alito di birra e di fumo. Ha le pupille dilatate, e l'aria di chi non dorme da parecchio. Si mettono a parlare. Io torno a guardare i libri, con l'impressione che stia per succedere un guaio. Ben presto il tono della discussione si fa acceso. Il tipo coi capelli rasati parla un misto di inglese e olandese, ma non è difficile capire: Jerald non ha pagato un certo debito. Jerald sembra calmo, minimizza. L'altro prende a gesticolare, poi inizia a toccare le spalle di Jerald, dandogli piccole spinte all'indietro. Potrei intromettermi e offrirmi di pagare, ma non ho idea di che cifra sia. Quando l'altro fa per spingerlo di nuovo, Jerald lo respinge bruscamente. È la fine. Il tipo coi capelli rasati reagisce con un nuovo, violento spintone, che manda Jerald contro la bancarella. Passi all'indietro senza equilibrio, poster incorniciati che cadono al suolo... Jerald a terra, seduto fra i vetri. Si rialza subito, si avventa sull'altro. Si prendono per la maglietta, si strattonano un po'. Gli occhiali da sole sono scivolati sul naso di Jerald, e i suoi occhi rossi sono duri, cattivi, mentre pronuncia le sue minacce. Raccolgo i vetri. In questa scena sento di dover trovare un posto, un ruolo, per aiutare a riportare l'ordine. Raccolgo i pezzi più grandi, oblunghi, e quando mi rialzo con le mani ingombre di vetri, mi accorgo che non so dove buttarli. Un signore magro, sulla cinquantina, mi porge un sacchetto di plastica. Dev'essere il padrone della bancarella. Metto i vetri nel sacchetto e poi glielo porgo, arrossendo, convinto di apparire come uno dei responsabili. Il signore prende il sacchetto e, incomprensibilmente, annuisce. Io resto in piedi, deglutendo, osservandomi le mani da cui, sono certo, sta per sgorgare il sangue. Mi sono tagliato, sento il bruciore. Ma il sangue non viene e i miei palmi sembrano sani, intatti. Nel frattempo, Jerald e l'altro sono finiti dietro le bancarelle, addosso a una porta, come due amici appartati per una conversazione privata. Continuano a tenersi per la maglietta e a puntarsi contro gli indici, come se tutto il male del mondo fosse contenuto lì, in quelle due dita, da dietro le quali si guardano. Quello coi capelli rasati parla ancora a voce alta, Jerald sembra dirgli di non gridare. Forse stanno trattando, cercano un compromesso. Se Jerald girasse adesso lo sguardo verso di me, non so cosa farei. Ma questo non succede e io, sfinito, vado via.

(102)

Eccomi: nel mattino luminoso, cammino verso casa di Anne. Gli occhi mi bruciano, ma non piangerò. Al mattino è facile piangere: sembra tutto così immutabile. E il mio cuore è duro, chiuso. Mi chiedo: posso amare qualcuno? Posso amare interamente, corpo e umore, saliva nelle parole, contraddizioni quotidiane? Di colpo, mi chiedo se davvero ho mai provato qualcosa. Tutta la mia storia mi appare inutile, azzerata, come un lungo giro che mi ha riportato al punto di partenza. Ai piedi del palazzo, sulla tromba delle scale. Salire. Nel mio corpo di automa, tutto continuerà. E poi? Ora, mi spaventa l'idea di non sapere più nulla. Come posso immaginarti? Farti nascere dal niente, immaginare la tua faccia, il modo in cui sorriderai? E più ancora: come posso immaginare me stesso? Io e te, l'uomo che sarò e l'uomo che amerò, siamo due facce dello stesso futuro. È un pensiero banale, ma mi sconvolge. Posso capire che dovrò trasformarmi. Non essere più testardo né avido. Non si può vivere in questa sbornia di desiderio. L'avidità di vita diventerà pura morte. E le mie arroganze. La falsa vita incombe su di me, con il suo carico di sicurezze facili. Dovrò spogliarmi: io, nudo, nella cometa del tempo. Poi sarò fragile, ma lucido e paziente. Io chi sarò: sarò l'uomo solitario, l'uomo che aspetta l'altro uomo, l'uomo caduto dalla vetta del narcisismo, giù nella gola della contingenza. Oh, dovrò meritare la mia vita, giorno dopo giorno.

(103)
In casa, finalmente mangiare uno yogurt. Bere dell'acqua in un bicchiere pulito, stendermi sul divano nel perfetto silenzio. Questa è casa mia. La naturalezza con cui lo penso non mi stupisce neanche, è come se fosse così da sempre. Eppure, sono qui da una settimana. Una sola settimana, cosa può dire di un'intera esistenza? Forse è l'impressione di essere io. Quell'impressione che in Italia ra-

ramente avevo: sono io, sono qui, questa vita è mia. Questo sguardo è mio. Si allarga e comprende sempre più cose. Luce azzurrina, pareti lisce, tracce di Anne. Foto incorniciate, una tazza con un goccio di caffè. Alzandomi, andando lungo il corridoio, la porta della sua stanza è aperta. Dentro vuoto, letto intatto. Qui comincia l'inquietudine. Qui comincia il presagio, la disgregazione. Cosa resta di me, di fronte a ogni tragedia? Il mio coraggio è già in pezzi prima ancora di vedere il telefono, notare il lampeggiare, rosso, della segreteria. Poi come sempre accade tutto da sé. Il mio dito pigia quel tasto, il mio orecchio ascolta la sua voce. Qui vorrei fermarmi, e invece non ho scelta. Ettore, sono Anne. Sono all'ospedale. Cees è entrato in coma. Vieni subito, ti prego, appena senti questo messaggio.

(104)

Questo taxi. Dal sedile freddo di pelle, guardo ogni cosa come dal fondo di un pozzo. Il soffitto marroncino della vettura, la nuca un po' rugosa del taxista, i finestrini puliti con solo, in prossimità dei bordi, qualche alone di pioggia sporca. Fuori scorre la città remota, impassibile, svuotata dal vento. Fino a pochi minuti fa, appartenevo anch'io a quella calma. Dal finestrino di un taxi, mi avrebbero visto camminare lento, con le mani in tasca. Ora, con la gola chiusa, sento le folate di vento contro il fianco della macchina. Quando si ferma davanti all'ospedale, vorrei far finta che sia tutto normale. Pago il taxista e gli dico buongiorno. Lui solleva gli occhi con un'aria sorpresa. Allontanandomi verso l'entrata, lo sento ripartire dietro di me. Cosa pensano i taxisti di noi? Ci lasciano in un punto e non ci vedranno mai più. Entrando nell'atrio, vorrei solo sedermi e chiudere gli occhi. Il caldo mi soffoca e comincio a sudare. Nell'ascensore vuoto, posso sentire uno a uno i battiti del cuore. Poi si aprono le porte e io vado, nel silenzio asettico, verso la stanza di Cees.

(105)
Non è lì, naturalmente. Un'infermiera sta rifacendo il letto, canticchiando. Quando si accorge di me si strofina le mani sul camice, mi guarda qualche secondo. Mi dice che il paziente è stato trasferito in rianimazione. Io, senza respiro, le indico il comodino dove il vasetto col cactus si è rovesciato, lasciando andare un po' di terra sul ripiano. Lei non sembra vedere niente di strano, mi fa segno di non capire. Addio, le dico. Mentre torno all'ascensore, mi dico che posso anche piangere. Con questo caldo, le lacrime evaporeranno. Mi dico che non c'è scampo, devo piangere o vomitare. Quando le porte si aprono sul piano giusto, Anne è lì davanti. Beve da un bicchiere di plastica, e subito non mi nota. Poi mi vede e resta immobile. Per la prima volta, vedo Anne senza forze.

(106)
Così è la fine. Perché mi stupisco? Era previsto, già scritto. Attraverso il vetro trasparente, guardo il suo viso disteso. Potrebbe dormire: se aprisse gli occhi, li avrebbe lucidi e neri. Secondo i dottori è questione di ore. Cees svanisce. Come un lungo film che ora si dissolve. Poche ore di epilogo, di titoli di coda. E poi? I nostri ricordi labili, imprecisi, le preghiere goffe nei momenti di crisi. Ora, tutto mi appare insufficiente. Con quali parole racconterò chi era Cees? Con quali gesti riscatterò questa perdita? Se

appoggio le mani al vetro, lo sento liscio e impermeabile. Accanto al mio riflesso, quello più piccolo, vago, di qualcuno che si avvicina. Forse Anne di ritorno dal bagno. Mi giro: col suo passo incerto, col treppiede della flebo, Coro avanza. Fermo, vorrei dirgli, non venire, non affacciarti. Vorrei proteggerlo, risparmiargli quella scena che rappresenta, è un pensiero spontaneo, il suo futuro prossimo. Ma io non posso proteggerlo. Non proteggerò più nessuno. Definitivamente, conosco la mia impotenza.

(107)

Non ho parole. Resto lì, muto, mentre Coro osserva Cees. Io, Ettore, mi sento rimpicciolire. Sono adolescente, bambino, feto. Sono tutto ciò che sono stato, e ancora non basta. Da dove attingerò la mia verità? Adesso, dice Coro, e io vorrei gridare, abbracciare il suo corpo di carta, baciare i suoi piedi infetti, perché io sono muto ma lui può parlare, lui, l'uomo al limite dei giorni, ha ancora parole, e può dedicarmele. Penso ai discorsi, alle consolazioni, all'egoismo che non mi lascia. Voglio solo non stare male. Adesso, mi sta dicendo lui, devi proseguire da solo. Scuoto la testa. Cosa ti aspetti da me?, mi chiede bruscamente, e io non rispondo. Senti, sospira lui. Certe storie finiscono, eppure tu continui. Senza compagni, senza spettatori. Io non ho imparato granché. So soltanto che a volte sono stato felice. E che ci sono due tipi di felicità: la felicità di quando si dimentica di essere soli, la felicità di quando si riesce a stare bene, pur coscienti della solitudine. Questo so. Trova la tua via.

Indietreggio. Vorrei scuotere la testa, ma non servirebbe. I momenti di più tremendo dolore, mi dico, devono essere questi in cui ogni cosa è inutile. I miei passi nel corridoio e i singhiozzi nell'ascensore. Come se avessi perso qualcosa, la mia strada a ritroso. Fuori dall'ospedale il vento non è cessato. Devo correre da Jerald devo andare da qualcuno. Il mondo dovrà sapere. Io non posso restare solo! Perché altrimenti sarei venuto fin qui, e avrei pianto lungo i muri, e avrei mangiato nel fango... In ginocchio sull'erba, sento l'umido sotto le mani. Poi il bruciore e ricordo i vetri, i tagli. Allora mi guardo i palmi e aspetto, fiducioso, che il sangue esca.

Indice

«Il mondo senza di me»
di Marco Mancassola
Piccola Biblioteca Oscar
Arnoldo Mondadori Editore

Questo volume è stato stampato
presso Mondadori Printing S.p.A.
Stabilimento NSM - Cles (TN)
Stampato in Italia. Printed in Italy

51317
2004